# L'HERMITE

## DE BELLEVILLE,

OU

# CHOIX D'OPUSCULES

POLITIQUES, LITTÉRAIRES ET SATIRIQUES

## DE CHARLES COLNET.

### Supplément,

ORNÉ DU PORTRAIT DE L'AUTEUR,

CONTENANT

Cinq articles sur le *Mémorial de Sainte-Hélène*, et trois autres sur les *Mémoires*
de madame la comtesse de Genlis.

## PARIS,

V<sup>e</sup> LE NORMANT, LIBRAIRE, RUE DE SEINE;
G. DENTU, LIBRAIRE, PALAIS-ROYAL, GALERIE D'ORLÉANS.

MDCCCXXXIV.

# L'HERMITE

## DE BELLEVILLE.

IMPRIMERIE LE NORMANT,
rue de Seine, 8.

DE COLNET.

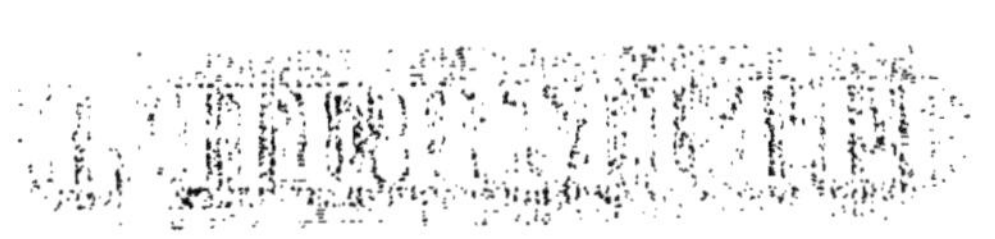

... DE LOUVEL

Supplément.

PARIS.

Vᵉ LE NORMANT, LIBRAIRE, RUE DE SEINE;
G. DENTU, LIBRAIRE, PALAIS-ROYAL, GALERIE D'ORLÉANS.

—

1834.

# L'HERMITE

## DE BELLEVILLE,

## PAR CHARLES DE COLNET.

### Supplément,

ORNÉ DU PORTRAIT DE L'AUTEUR,

CONTENANT

Cinq articles sur le *Mémorial de Sainte-Hélène*, et trois autres sur les *Mémoires* de madame la comtesse de Genlis.

## PARIS.

Ve LE NORMANT, LIBRAIRE, RUE DE SEINE;
G. DENTU, LIBRAIRE, PALAIS-ROYAL, GALERIE D'ORLÉANS.

1834.

# MÉMORIAL DE SAINTE-HÉLÈNE.



CASIMIR DELAVIGNE. (*Épître à MM. de
l'Académie française.*)

Ce n'est pas sans y avoir mûrement songé que
je me suis décidé à rendre compte de ce *Mémorial*.
Parler d'un ouvrage où Bonaparte, où l'empereur,
car on ne lui donne pas une autre qualification,
est excessivement loué, n'y a-t-il pas quelques
dangers ? Si le ministère anglais l'avait pensé, il
aurait probablement gardé le manuscrit de M. le
comte de Las-Cases, qui était depuis long-temps
dans ses cartons. Il ne le lui a rendu que parce qu'il
a jugé que la publication en serait aujourd'hui
très-innocente. Cette circonstance m'a, je l'avoue,
fort rassuré.

M. de Las-Cases nous apprend d'ailleurs qu'avant
de mettre ses deux volumes au jour « sous l'égide
d'une sage liberté », dont, par parenthèse, qu'il

s'en souvienne, nous ne connaissons les bienfaits que depuis la restauration, « il les a soumis à « l'examen d'un jurisconsulte aussi savant que « loyal, lequel n'y a rien trouvé de dangereux « pour le gouvernement légitime. » Cet avis est le mien, et je signerais, s'il le fallait, la décision de ce savant et loyal jurisconsulte, qui n'a vu dans le *Mémorial de Sainte-Hélène* que « des con- « versations de l'autre monde. »

*Il n'est plus*, dit M. de Las-Cases. Je vais plus loin : il serait encore, qu'il ne faudrait pas en avoir peur. En effet, il suffit de réfléchir sur ce qui s'est passé depuis quelques années, de voir quelle direction a été donnée aux esprits, pour rester convaincu que la cause de Bonaparte est perdue dans l'opinion. Le nombre de ses partisans diminue chaque jour, et d'une manière très-sensible. C'est l'effet des nouvelles doctrines et du temps, qui a aussi sa puissance. Une jeunesse élevée dans des principes différens, sans être moins dangereux, dit aujourd'hui « les voltigeurs « de Napoléon », comme elle disait naguère « les voltigeurs de Louis XIV. » Il faut à cette jeunesse pensante, et malheureusement trop agissante, des rois qui fassent sa volonté; et on sait que Bonaparte aimait assez à faire la sienne. Nous sommes donc bien forts de ce côté-là : nos dangers sont ailleurs.

Il semble, au reste, que M. de Las-Cases ait voulu nous prémunir contre l'exagération de ses éloges. Il déclare dans son avertissement qu'il s'est abandonné sans réserve à toute sa *vénération* et à toute sa *tendresse* pour Bonaparte. « J'étais « plein, ajoute-t-il, d'admiration, et il n'y a qu'un « pas de l'admiration à l'amour. » Fort bien. Nous savons maintenant à qui nous avons affaire ; et si M. de Las-Cases exalte trop son héros, que je ne veux pas déprécier, si, n'en déplaise à Alexandre et à César, il voit en lui « l'homme le plus ex- « traordinaire que présentent les siècles », per- sonne n'en sera surpris ; l'amour est un grand exagérateur ; et plus encore que l'esprit, le cœur a ses égaremens.

M. de Las-Cases, à l'appui de sa déclaration, et pour ne vous laisser aucun doute sur ses sen- timens, dit ailleurs : « J'ai servi le maître le plus « puissant de la terre ; sachez que, quand nous « allions porter au loin les ordres de l'empereur, « nous nous considérions et nous étions con- « sidérés à l'égal des princes. Il nous a fait voir « des rois (qui ne sont plus rois) attendant dans « ses salons, au milieu de nous et avec nous. Lors « de son mariage, quatre reines (qui ne sont plus « reines) portaient le manteau de l'impératrice, « dont un de nous était le chevalier d'honneur, « et un autre l'écuyer. Croyez donc qu'une am-

« bition généreuse se trouve rassasiée par de telles
« grandeurs. » Ainsi cherchez ailleurs des cham-
bellans; M. de Las-Cases ne sera jamais le vôtre.
Pourquoi tous ceux qui pensent et sentent comme
lui n'ont-ils pas eu la même franchise? Pourquoi
leur généreuse ambition n'a-t-elle pas été, comme
celle de M. de Las-Cases, rassasiée par de telles
grandeurs? La légitimité en eût été mieux servie.

Les lecteurs du *Mémorial de Sainte-Hélène* y
trouveront d'abord des détails forts circonstanciés,
mais que je crois assez peu importans, sur la famille
de Bonaparte. Elle a joué, nous dit-on, un grand
rôle dans le moyen âge en Italie; et plusieurs édifices
de Florence sont encore chargés de ses écussons,
que sans doute M^{me} Bacciochi n'y a pas fait
placer. Certain savant a même prétendu qu'elle
avait eu autrefois des alliances avec les princes
de la maison d'Est, fort bons gentilshommes,
comme chacun sait : d'où il faudrait conclure que
Bonaparte était cousin, n'importe à quel degré,
du roi d'Angleterre, qui, et ce savant n'a pas
manqué de le dire, aurait dû, en faveur de la
parenté, le traiter avec plus d'égards après sa
seconde abdication.

Tout cela est fort beau : mais comment expliquer le silence de M. Sismonde de Sismondi?
Cet écrivain a composé une très-longue histoire
des anciennes républiques d'Italie. Il mentionne

toutes les familles qui s'y sont distinguées. Il parle même assez souvent des Sismonde de Sismondi, et, s'il m'en souvient, il ne dit pas un mot des Bonaparte. Est-ce oubli ? est-ce malveillance ? De plus habiles que moi en décideront. Je ne suis pas très-fort sur les généalogies. Toutefois je prie M. de Las-Cases de croire qu'il ne m'a rien appris, lorsqu'il a dit dans son *Mémorial :* « Un des miens « suivait Henri, comte de Bourgogne, qui, à la « tête de quelques croisés, fut faire la conquête « du Portugal vers l'an 1100. Il était son porte- « guidon à la fameuse bataille d'*Ourique...* » Je le savais ; mais d'autres ne seront pas fâchés de l'apprendre.

Ce qu'il importe plus aux lecteurs de connaître que la généalogie de Bonaparte, c'est son caractère, et M. le comte de Las-Cases le peint sous des traits fort aimables. Nous en avons eu jusqu'à présent une très-fausse idée. Combien de fois n'a-t-on pas dit que l'empereur était un méchant homme ! Hé bien ! il n'y a jamais eu sur la terre de meilleur prince. M. de Las-Cases répète très-souvent qu'il était bon. « Sire, lui dit-il un jour, « votre cœur que je connais bien, est aussi bon « que celui de Henri IV, que je n'ai pas connu. » Je ne demanderais pas mieux que de le croire, car j'aime fort la bonté dans les princes ; elle est, quand toutefois ils ne la séparent pas de la justice, leur première vertu. Mais Bonaparte était-il aussi bon que M. de Las-Cases le prétend? Et en y regardant de près, ne trouverait-on pas quelque différence entre lui et le bon Béarnais? Le duc d'Enghien... N'en parlons pas, puisque M. de Las-Cases a jusqu'à présent évité d'en parler. Je ne veux même pas, pour combattre le mémorialiste de Sainte-Hélène, chercher des argumens dans ses ouvrages, qu'il qualifie d'*infâmes libelles*. J'invoquerai une autorité plus respectable; car c'est la sienne, ou plutôt celle de Bonaparte, qui à Sainte-Hélène lui a confessé certaines peccadilles qu'on est étonné de trouver dans la vie d'un si bon prince, et que son repentir n'a pas entière- ment effacées. J'en fais juge non les royalistes, M. de Las-Cases les récuserait, mais les libéraux, dont l'opinion ne lui est pas indifférente.

Il y avait à l'armée de Nice un personnage assez insignifiant, nous dit-on, mais dont la femme était «extrêmement jolie et fort aimable.» Elle faisait d'ailleurs le plus grand cas du jeune géné- ral d'artillerie, et le traitait bien sous tous les rapports. «La promenant un jour au milieu de « nos positions, dans les environs du col de Tende, « il me vint subitement à l'esprit, dit Bonaparte, « de lui donner le spectacle d'une petite guerre, « et j'ordonnai une attaque d'avant-poste. Nous « fûmes vainqueurs, il est vrai; mais, évidem-

« ment, il ne pouvait y avoir de résultat ; l'attaque
« était une pure fantaisie. Quelques hommes y
« restèrent. » Eh bien ! qu'en pensent les libéraux ?

Je n'ai pas plus que M. de Las-Cases « connu le
« cœur de Henri IV. » Je ne sais sur ce prince que
ce que l'histoire m'en a appris ; mais dit-elle qu'il
ait jamais donné de pareilles fêtes à ses maîtresses ?
et pourtant il les aimait fort. *Quelques hommes
y restèrent !* Les Romains eurent très-mauvaise
opinion d'un prince qui, jeune encore, s'amusait
à tuer des mouches. Mais ici le cas est plus grave :
ce ne sont pas des mouches que l'on tue. *Quelques
hommes y restèrent !* Combien ? On serait curieux
de le savoir. Il est vrai que Bonaparte fit cette
galanterie à une très-haute et puissante dame de
ce temps-là ; c'était la femme d'un représentant
du peuple : mais qu'importe ? il fallait procurer à
« madame la représentante de douces connais-
sances », des passe-temps un peu plus innocens
qu'une attaque inutile d'avant-poste. Quoi qu'il
en soit, je remercie M. de Las-Cases d'avoir ra-
conté cette anecdote dans son *Mémorial ;* elle
prouve que Bonaparte, malgré sa bonté natu-
relle, avait parfois d'étranges fantaisies.

On a cru assez généralement que la liberté n'é-
tait pas de son goût, et qu'il aimait le pouvoir
absolu ; c'est encore un préjugé dont M. de Las-

Cases a entrepris de nous guérir. « Bonaparte, il
« faut que vous le sachiez, n'a eu pour but que
« le règne de la raison ; aussi a-t-il été et doit-il
« demeurer *le type, l'étendard et le prince des*
« *idées libérales.* » Cela, par exemple, est un peu
fort, et je ne m'y serais pas attendu. Bonaparte,
« le type, l'étendard et le prince des idées libérales ! » M. de Las-Cases a senti lui-même que cette
assertion paraîtrait un peu paradoxale à un grand
nombre de ses lecteurs ; c'est pourquoi il répond
d'avance aux objections qu'ils pourront lui faire :
le pas est difficile ; voyons comment il s'en tire.

Que dit-il de cette police infernale, plus terrible cent fois que l'inquisition dont on ne cesse
de lui parler ? « L'empereur ignorait les vexations
« qu'elle se permettait en son nom. » Comment
justifie-t-il la violation du secret des lettres ?
« L'empereur improuvait fort cette mesure. » Enfin l'esclavage de la presse ?... « L'empereur était
« pour la liberté illimitée. » Lui, bon Dieu, pour
la liberté illimitée de la presse ! il était trop sage.
M. de Las-Cases évidemment l'a mal jugé ; ou il
faut supposer qu'un séjour de quelques mois à
Sainte-Hélène l'avait entièrement changé.

L'auteur du *Mémorial,* qui a juré de réformer
toutes nos idées, trace un tableau charmant de
la liberté dont tous les corps délibérans jouis-
saient sous le règne de Bonaparte. « Les votes du

« sénat étaient constamment unanimes, parce
« que la conviction était universelle. » On le croirait, n'était l'impossibilité. Au reste, comme le
sénat a prononcé la déchéance, il ne sera pas
surpris d'entendre dire ici à Bonaparte : «Je ne
« sache pas de corps qui doivent s'inscrire dans
« l'histoire avec plus d'ignominie. » Le sénat doit
être content ; le voilà, je pense, bien payé de sa
conviction universelle.

Pour être muets, nos législateurs n'en étaient
pas moins libres. Nous avons attribué à la complaisance et à la servilité ce qui tenait à la bonté
de l'institution. Il est vrai que les apparences
étaient bien trompeuses. Pourquoi le corps législatif délibérait-il secrètement? «C'est, me répond
« Bonaparte dans le *Mémorial de Sainte-Hélène*,
« c'est qu'aucun mode n'est plus convenable con-
« tre notre effervescence nationale et notre jeu-
« nesse, en matière de politique.» A la bonne
heure ; je retrouve dans cette observation pleine
de sens le véritable Bonaparte, l'homme qui connaissait les besoins réels de notre époque. On
l'enlaidit quand on en veut faire le prince des
idées libérales ; comme si d'ailleurs, dans le sys-
tème des libéraux, la liberté pouvait exister sans
la publicité des délibérations législatives.

Je demanderai à l'auteur du *Mémorial* pourquoi, lorsque certaine commission vint, après

deux campagnes très-désastreuses, supplier humblement Bonaparte de modérer un peu son ardeur guerrière et de permettre à l'humanité de respirer, le corps législatif, qui était si libre, reçut au moment même l'ordre de désemparer au plus vite? pourquoi tous ses membres furent mis sous la surveillance de la police? M. de Las-Cases, en répondant à cette question, dirait-il encore : « L'empereur n'en savait rien? » Votre empereur, Monsieur, savait tout; rien d'important ne se faisait que par ses ordres. Aussi, quand je l'entends dire, en parlant de l'odieuse translation du pape en France : « Ce n'est pas moi qui l'ai ordonnée », suis-je fort tenté de croire qu'il se moque de ceux qui l'écoutent; ce n'est pas lui! et qui donc?

Voulez-vous savoir maintenant pourquoi le prince des idées libérales a si illibéralement supprimé le tribunat? Il n'a vu dans cette suppression qu'une économie importante. Le tribunat coûtait annuellement près de cinq cent mille fr. Je conviens que c'était le payer bien cher. On ne donnait pas une somme beaucoup plus forte à l'Opéra, qui cependant m'amusait davantage. Toutefois il paraît difficile de croire que Bonaparte, qui dit « avoir bien donné quarante millions » au général Berthier, quoiqu'au reste il le traite dans ce *Mémorial* avec une injustice

vraiment brutale, ait supprimé le tribunat par
un motif d'économie. Je soupçonne que nos tribuns, qu'il ne faut pas regretter puisque nous
avons mieux, n'ont été congédiés que parce qu'ils
ne voulaient pas être libres à la manière du sénat
et du corps législatif. On aurait désiré que leurs
votes eussent été constamment unanimes ; mais
c'est un phénomène que notre sénat pouvait
seul offrir. Vingt siècles passeront avant qu'on
voie, dans une assemblée aussi nombreuse, se
renouveler le miracle de la conviction constamment universelle. Aujourd'hui ne soyez que trois,
cela suffit pour faire deux oppositions et un
centre.

M. de Las-Cases, qui doit le bien savoir, assure
qu'au conseil d'Etat la discussion était très-libre.
Toutefois, le compte intéressant qu'il rend de
deux séances de ce conseil prouve qu'en certaines
occasions les débats n'étaient pas très-longs. Un
conseiller d'Etat, que je n'ai pas besoin de nom-
mer, instruit de la circulation clandestine des
bulles du pape, ne l'avait pas dénoncée ; Bonaparte, en plein conseil, adressa au *coupable* les
reproches les plus durs, et termina ainsi sa vi-
goureuse apostrophe : « Vous n'êtes plus con-
« seiller d'Etat ; sortez, et ne reparaissez jamais
« ici. » Personne ne souffla ; le conseil, dans son
étonnement, garda le silence le plus profond.

Dans la seconde séance dont parle M. de Las-Cases, il s'agit de la dissolution du corps législatif. « Ce corps, dit Bonaparte, a trahi tous ses « devoirs. Je remplis les miens; je le dissous. » Et là finit la discussion.

Il est juste de remarquer que, dans les discussions qui le touchaient de moins près, il accordait une très-honnête liberté. Mais le *Mémorial* de M. de Las-Cases m'apprend qu'il ne fallait pas en abuser. N'étant encore que premier consul, il dit un jour à je ne sais quel conseiller qui avait combattu son opinion avec chaleur : « Vous avez « eu tort de mettre la puissance à l'épreuve. » Dans une autre circonstance, M.*** en reçut cet avis charitable : « Vous avez été trop loin, vous « m'avez réduit à me gratter la tempe. C'est un « grand signe chez moi; évitez dorénavant de « me pousser jusque-là. » Je ne sais pas ce que d'autres en penseront; quant à moi, j'avoue que, si j'avais eu l'honneur d'être membre de son conseil, un pareil avertissement m'aurait rendu sage; j'aurais redouté le *grand signe*, et je me serais arrangé pour ne pas réduire l'empereur à se gratter la tempe.

Je parlerai une seconde fois de ce *Mémorial;* la matière est ample. Il paraît que M. le comte de Las-Cases a eu une très-grande part aux confidences de Sainte-Hélène; je n'en suis pas surpris ; mais, lui, pourquoi l'est-il ? Certes, dans la position où il se trouvait, Bonaparte n'avait rien de mieux à faire que d'admettre dans son intimité un homme d'esprit dont la conversation pouvait charmer l'ennui de la solitude.

Que Bonaparte, à Sainte-Hélène, ait médit du tiers et du quart, des vivans et des morts, je m'en étonne peu, cela fait passer une heure ou deux ; qu'oubliant que son élévation avait été en grande partie leur ouvrage il ait déprimé plusieurs de ses généraux et ravalé leur gloire, je le conçois encore : le malheur rend injuste. Mais il me semble que si j'avais été à la place de M. le comte de Las-Cases, j'aurais craint, dans l'intérêt de mon héros, de révéler au public des jugemens que la mauvaise humeur a dictés, et dont quelques uns seront, sans aucune malveillance, attribués à une cause moins excusable. Ainsi, Bonaparte m'eût-il répété cent fois que « le général Kléber « était peu national, et qu'il eût pu sans effort « servir les Prussiens », je me serais bien gardé de consigner dans mon *Mémorial* une imputation calomnieuse, et qui d'ailleurs n'aurait pas été faite impunément vingt-cinq ans plus tôt ; car on sait que Kléber était d'humeur peu endurante.

Au reste, comme on devait s'y attendre, les généraux que nous avons vus, à l'époque de la

restauration, se rapprocher le plus du gouvernement légitime, sont ceux que Bonaparte traitait avec le moins de ménagement. Tout ce qu'ils ont fait pour lui est oublié. Qui le croirait? Son compagnon chéri, son fidèle Achate, n'est plus à ses yeux qu'*un véritable oison*; et vous remarquerez qu'ils ne se quittaient pas. L'aigle et l'oison étaient inséparables; c'est un phénomène assez rare.

« Augereau, disait Bonaparte, malgré son air « de bravache, était fatigué et comme découragé « par la victoire; il en avait toujours assez. » Servez donc ces héros, ces hommes extraordinaires; et, pour leur donner de belles pages dans l'histoire, exposez-vous à perdre bras et jambes, et même quelque chose de mieux : vous voyez quelle reconnaissance ils vous en témoignent. Ce n'était pas, au reste, la victoire qui fatiguait le général Augereau et beaucoup d'autres : c'était plutôt Bonaparte, et voilà pourquoi ils étaient si mal notés à Sainte-Hélène; voilà pourquoi Murat lui-même, notre très-auguste beau-frère, est traité si légèrement dans ce *Mémorial*. M. de Las-Cases l'appelle, comme nous, Murat tout court; et cependant Murat était roi comme Bonaparte était empereur : mêmes droits, même légitimité. M. de Las-Cases le sait bien.

Avoir l'esprit en équilibre avec le courage,

*être carré autant de base que de hauteur*, voilà ce qui, dans l'opinion de Bonaparte, tirait un général hors de ligne; et fort peu de vos généraux lui avaient paru mériter cet éloge. Quant au courage qu'il appelait de *l'improviste*, et, « qui, en dé-« pit des événemens les plus soudains, laisse néan-« moins la même liberté d'esprit, de jugement et « de décision », il ne connaissait rien de plus rare; et comme, lorsqu'on fait ses affaires soi-même, elles sont toujours beaucoup mieux faites, « l'em-« pereur n'hésitait pas à prononcer, dit M. de « Las-Cases, qu'il était celui qui s'était trouvé « avoir le plus de ce courage de deux heures après « minuit, et qu'il avait vu fort peu de personnes « qui ne fussent demeurées beaucoup en arrière. » Ce passage, et quelques autres qu'il est inutile de citer, prouvent que « l'homme le plus extra-« ordinaire que présentent les siècles », ne fut pas le plus modeste. M. de Las-Cases en convien-dra. On ne sait maintenant que penser de la sim-plicité de César, qui, dans ses *Commentaires*, ne parle pas une fois de son « courage de deux heures après minuit »; qui oublie même de nous dire qu'il était « carré autant de base que de hau-« teur »; qui enfin laisse à ses actions le soin de le louer.

Permettez que César ne parle pas de lui.

C'est un fait constant que jusqu'à sa dernière heure en 1814, Bonaparte n'a eu qu'à s'applaudir du dévouement de ses généraux; et pour le bien que je veux à la légitimité, je souhaite qu'elle soit toujours aussi fidèlement servie. Il ne pouvait donc pas, sans ingratitude, attribuer à la trahison une catastrophe que ses propres fautes avaient seules rendue inévitable; mais quand il s'agit de sauver la gloire d'un grand homme, la réputation de quelques généraux est bien peu de chose; ils doivent même s'estimer fort heureux de la perdre pour une si belle cause. Toutefois, je voudrais savoir ce que M. de Las-Cases, écho indiscret des plaintes de Bonaparte, aurait fait dans la position où se trouvait, le 30 mars 1814, M. le maréchal M***, si outrageusement traité dans le *Mémorial de Sainte-Hélène;* il me semble que, malgré toute sa vénération et sa tendresse pour l'empereur, il lui eût été assez difficile de repousser avec quinze mille hommes les armées de l'Europe qu'on avait laissé arriver jusqu'à nos portes.

Je vois bien que la capitulation de Paris lui tient au cœur; on voulait donc que notre bonne ville fût défendue pied à pied, que chaque maison devînt une forteresse, et chaque bourgeois de Paris un nouveau Sagontin? Ce dévouement aurait été fort beau, on en eût parlé dans l'histoire : mais à quoi aurait-il servi ? Paris en cendres ne sauvait pas Bonaparte. M. de Las-Cases n'a donc pas médité ces paroles du maître puissant qu'il a servi à Sainte - Hélène, paroles fort remarquables, quoiqu'elles soient un peu décousues : « Ce qui m'a renversé, disait « Bonaparte dans un de ces momens où il jugeait « avec calme les événemens qui l'avaient conduit « à Sainte-Hélène, ce sont des catastrophes im- « prévues, inouïes, des circonstances forcées : « cinq cent mille hommes aux portes de la capi- « tale, et surtout une dynastie pas assez ancienne; « je me serais relevé du pied des Pyrénées même, « si j'eusse été mon petit-fils. Ce que c'est que la « manie du passé! Dès que les anciens ont reparu, « voyez avec quelle facilité on est retourné aux « idoles! » Au moins ne dit-il pas, lui, car le mensonge eût été trop impudent, que les Français ont vu avec *répugnance* le retour des Bourbons. Mais il aurait dû convenir que ces catastrophes *imprévues*, ces circonstances *for- cées*, ces cinq cent mille hommes aux portes de la capitale n'étaient que le résultat naturel et très-facile à prévoir des entreprises les plus extravagantes. Alors les causes de sa chute eussent été très - clairement expliquées; car, dans cette affaire, il n'y a eu qu'un seul traître : c'est celui qui crie à la trahison; c'est Bonaparte, qui n'est tombé que parce qu'il n'a pas pu s'arrêter à propos.

On trouve dans ce *Mémorial* un jugement qui fait en vérité peu d'honneur à celui qui l'a rendu: il s'agit d'un général à qui, s'il vivait encore, je confierais aussi volontiers qu'à Bonaparte lui-même le commandement de notre armée d'Espagne, d'un général qui, toujours économe du sang français, a remporté des victoires d'autant plus glorieuses qu'elles coûtaient moins à l'humanité, et dont les retraites, quand par la faute d'un gouvernement inepte, et non par la sienne, il était obligé d'en faire, ne ressemblaient pas à celle de Leipsick. « Moreau , disait Bonaparte, « était *peu de chose* dans la première ligne de nos « généraux. La nature en lui n'avait pas fini sa « création. Il avait plus d'instinct que de génie. » Enfin le général Moreau est mis dans le *Mémorial* fort au-dessous de plusieurs généraux très-illustres sans doute , mais dont la gloire n'a pas encore fait pâlir celle du vainqueur de Hohenlinden.

M. le comte Foy est un de ces généraux : Bonaparte devait incessamment le créer maréchal de France; c'est au moins ce qu'il disait à Sainte-Hélène. Plus d'un lecteur, je ne dois pas le laisser ignorer à M. de Las-Cases, a cru voir ici Alexandre faisant sa cour à Démosthène; et comme à cette époque ( décembre 1816 ) M. le comte Foy ne

s'était pas encore signalé dans nos débats politiques, et que ce n'est que l'année suivante qu'il
a paru à la tribune où, par la force de son élo-
quence, il efface aujourd'hui les Benjamin Constant, les Manuel, les Labbey de Pompières, enfin
tous les orateurs de la gauche, on en a conclu
que le *Mémorial de Sainte-Hélène* avait été revu
et corrigé dans ces derniers temps à Paris. M. de
Las-Cases n'aura aucune peine à prouver que
cette conséquence est fausse. Il suffit en effet de
parcourir son journal pour se convaincre qu'il a
été publié *sans corrections;* le style en est si né-
gligé que je serais tenté de croire que, pressé par
le temps et plus encore par son admiration pour
Bonaparte, il n'a pas même pris la peine de le relire.

J'observe d'ailleurs que s'il avait altéré son
manuscrit dans le dessein de plaire on ne sait à
qui, il n'eût pas été assez étourdi pour y laisser
beaucoup de passages qui certainement feront
moins de plaisir aux libéraux qu'à nous. Il se
serait bien gardé, par exemple, de nous dire de
quel œil Bonaparte voyait « ce qu'on appelle à
« Paris *les hommes d'affaires, les nouvelles for-*
« *tunes acquises pendant la révolution* »; c'était
un grand secret qu'il n'aurait pas révélé.

Or nous lisons dans le *Mémorial* que ces gens-
là, qui sous le Directoire étaient à la tête de la
société et y tenaient les premiers rangs, crurent

un instant que Bonaparte les traiterait avec la même considération, tant ils étaient convaincus que les plus riches, quelle que soit l'origine de leur fortune, doivent être les plus honorés ; mais ils connaissaient peu l'homme à qui ils allaient avoir affaire.

« Un des plus grands pas rétrogrades, disait « Bonaparte, que je fis faire à la société vers son « état et ses mœurs passées, fut de faire rentrer « *tout ce faux lustre dans la foule.* Jamais je n'en « voulus élever aucun aux honneurs : de toutes « les aristocraties, celle-là me semblait la pire. » Elle l'est en effet. Fasse donc le ciel que nous n'en soyons pas affligés ! ce serait pour tout être pensant le dernier degré de l'humiliation. Bonaparte disait encore, et c'est M. de Las-Cases qui a la bonté de nous l'apprendre, Bonaparte disait que, « sous peine de périr, un gouvernement « doit vivre de son principe. Il est évident, ajou« tait-il, que celui-ci (c'est du vôtre qu'il parlait) « est le retour aux anciennes maximes ; il faut « faire franchement. » Vous l'entendez, quelle leçon il nous donne ! En vérité, si je ne résistais pas à un premier mouvement, je crois que je l'admirerais ici, non pas autant que M. de Las-Cases, cela n'est possible qu'à lui, mais beaucoup, et peut-être un peu trop. Il est vrai que dans d'autres endroits on le représente comme le prince des idées libérales ; mais c'est une plaisanterie : il était, le *Mémorial* le prouve, foncièrement royaliste, et même, pardon du terme, *ultra* trèsdécidé.

Les journées étaient longues à Sainte-Hélène : on les abrégeait par des lectures plus ou moins intéressantes ; Bonaparte aimait surtout les tragédies, et M. de Las-Cases assure qu'il les analysait « avec une logique singulière et beaucoup de goût. » Mais, de tous nos écrivains, Corneille était celui qu'il admirait le plus : il avait même pour ce grand tragique une sorte de culte, et croyait que « la France lui devait une partie de ses « grandes actions. » *Aussi*, Messieurs, disait-il un jour, *s'il vivait encore, je le ferais prince.* Pourquoi pas roi? Il en a fait qui méritaient moins de l'être.

Corneille, au reste, si je le connais bien, aurait attaché peu de prix à cet honneur. Il était si modéré dans ses désirs! il avait des goûts si simples ! Vous l'eussiez vu, n'en doutez pas, prier le donneur de principautés de songer à d'autres, et de le laisser retourner à Rouen par le coche. Suivant sa modeste habitude, M. de Las-Cases croit peutêtre que s'il avait paru à la cour de Bonaparte, Corneille eût été, comme lui, saisi et terrassé d'admiration. Qu'il se détrompe, la philosophie de Corneille aurait résisté à cette épreuve. Il avait d'ailleurs vu mieux que tout cela dans une *maison de bois*. Je parle de celle où Attila, dont l'histoire a peut-être dit trop de mal, recevait et traitait si cavalièrement les ambassadeurs de l'Orient et de l'Occident.

> Où sont ces envoyés? Allez, et qu'on leur die
> Qu'ils se font trop attendre, et qu'Attila s'ennuie.

Le *Mémorial* nous apprend encore que Bonaparte était *ravi* de Racine, et qu'il trouvait dans ses tragédies de *vraies délices*. Je ne vois pas cependant qu'il ait dit : « Si Racine vivait, je le ferais « prince. » Je présume donc qu'il ne l'aurait fait que sénateur, mais avec une bonne sénatorerie. Quant à Voltaire, il ne lui aurait pas donné une sous-préfecture. « L'empereur, dit M. de Las-Cases, « en fait fort peu de cas; il le trouve plein de « boursouflure, de clinquant, toujours faux, ne « connaissant ni les hommes ni les choses, ni la « vérité ni la grandeur des passions. » Les libéraux seront sans doute révoltés de voir avec quel mépris on parle ici de leur idole. Il n'en faudra pas davantage pour brouiller Bonaparte avec M. le colonel Touquet, et les conséquences en seront graves; mais je n'y puis que faire. L'empereur, comme le remarque M. de Las-Cases, jugeait nos auteurs tragiques *avec beaucoup de goût*, et il me siérait bien mal de vouloir réformer ses arrêts.

On lisait aussi à Sainte-Hélène les journaux, les brochures nouvelles, sans excepter celles qui étaient le moins favorables à Bonaparte. On y lut donc l'*Ambassade de Varsovie*, où M. de Pradt a tracé de son ancien maître un portrait dont je n'ose garantir la parfaite ressemblance. L'empereur, nous dit-on, voulut que son grand-maréchal la transcrivît tout entière, sans oublier Napoléon *en habit d'Arlequin*, *le Jupiter Scapin*, etc. La pièce en effet est curieuse et mérite d'être conservée. C'est ce que M. de Pradt, qui le sait bien, a fait de plus piquant et de plus soigné.

« Je passerai, dit M. de Las-Cases, sur l'incon-
« venance, le scandale du caractère grave d'un
« archevêque, comblé des bienfaits de son sou-
« verain, auquel, durant sa prospérité, il fit la
« cour la plus assidue, qu'il entoura des plus
« grandes flatteries, et qui se permet, au jour de
« l'infortune.... » Ce début promettait; mais M. de Las-Cases s'arrête tout à coup et supprime plusieurs pages remplies de détails fort curieux, j'en suis certain, sur M. l'ancien archevêque de Malines, et tous *sortis de la bouche de l'empereur*. Quelle perte! et pourquoi l'éprouvons-nous? M. de Las-Cases a été touché du repentir de M. de

Pradt et de l'amende honorable à laquelle le coupable s'est condamné lui-même. « Il est trop « tard, a dit depuis M. de Pradt, reconnaissant « toute l'énormité de son crime, il est trop tard « pour insulter Napoléon quand il est sans armes, « lorsque, pendant tant d'années, on a fléchi « devant lui.... » Il suffit, a dit M. de Las-Cases, tout est pardonné; allez, Monseigneur, et ne péchez plus.

Cette générosité est fort louable assurément, mais elle blesse les droits d'un tiers, et M. de Las-Cases aurait dû sentir qu'il ne lui était pas permis d'être si généreux à nos dépens. « Plusieurs « pages remplies de détails sur M. l'ancien arche- « vêque de Malines, tous sortis de la bouche de « l'empereur ! » M. de Las-Cases nous les restituera dans le dernier volume de son *Mémorial*, sinon je ferai des vœux pour que M. de Pradt qui, après tout, n'a pas trop à se louer des insolentes lettres de grâce qu'on lui envoie de Sainte-Hélène, s'a- mende en sens contraire et rétracte toutes ses rétractations.

Que M. le comte de Las-Cases y prenne garde; il est à craindre qu'on ne dise bientôt qu'il a trop de mémoire. Les deux volumes que j'an- nonce ne terminent pas encore ses *souvenirs*, et tout me porte à croire qu'il ne nous tiendra pas quittes à moins de six; peut-être même ira-t-il

jusqu'à huit. J'en suis fâché pour lui, pour Bonaparte, et surtout pour nous. Point de doute
que, si on s'était contenté de la moitié, tout le
monde y eût gagné : le héros, l'historien et les
lecteurs.

Déjà l'intérêt commence à s'affaiblir : ces deux
volumes sont moins piquans que ceux qui les
ont précédés. On y trouve beaucoup de détails
qui, de l'aveu de l'auteur lui-même, sont très-
*minutieux*, et que par conséquent il aurait dû
laisser dans les rognures. « Des milliers de per-
« sonnes, dit-il pour sa justification, penseront
« que tout ce qui touche l'empereur est pré-
« cieux. » Non pas, s'il vous plaît; il faut savoir
choisir. M. de Las-Cases, par exemple, ne pouvait-il pas se dispenser de décrire si minutieuse-
ment la toilette de son maître? S'il s'agissait de
la toilette de l'impératrice, passe encore; mais
il me semble que celle de l'empereur n'exigeait
pas une description aussi étendue et aussi cir-
constanciée. On va jusqu'à nous apprendre, ainsi
qu'à la postérité, comment le grand homme
*faisait sa barbe*, et quelles sages précautions il
prenait pour éviter les estafilades.

« L'empereur, dit M. de Las-Cases, se rase
« toujours lui-même; ôtant d'abord sa chemise et
« demeurant en simple gilet de flanelle..., l'em-
« pereur présente au jour la joue qu'il rase; cette

« joue rasée... » Et M. de Las-Cases consacre deux paragraphes à cette partie de la toilette de Bonaparte! Des *milliers de personnes* penseront comme moi qu'un seul aurait suffi, et que, pendant que M. de Las-Cases rase l'empereur, la barbe de Sa Majesté a le temps de repousser.

« L'empereur se lave ensuite la figure dans un « grand *lavabo* d'argent fixé dans l'encoignure « de la chambre, et apporté de l'Elysée. » Vient ensuite l'histoire des dents, « après quoi l'empe- « reur quitte son gilet de flanelle. Il est gras, « peu velu, a la peau blanche et présente un « embonpoint qui n'est pas de notre sexe. » Fi donc! Je sais bien qu'on s'attend à trouver dans les Mémoires particuliers beaucoup de détails que l'histoire croit devoir dédaigner; mais encore faut-il qu'à défaut de l'utilité ils offrent au moins quelque agrément. Or, je le demande aux lecteurs les moins difficiles, croient-ils que ceux que M. de Las-Cases leur révèle ici soient dignes de fixer un instant leur attention? On aime, je le sais encore, à voir les illustres personnages dans leur intérieur, et, pour me servir d'une expression consacrée, en *déshabillé;* mais est-ce à dire qu'il faille leur ôter jusqu'à leur gilet de flanelle?

« L'empereur se frotte ensuite la poitrine et « les bras avec une brosse assez rude, la passe

« ensuite à son valet de chambre, lui répétant
« d'ordinaire : *Allons, fort comme sur un âne.* »
Je gage que si Bonaparte avait lu le manuscrit
de l'auteur, il en aurait effacé toutes ces pauvre-
tés; et d'ailleurs, s'il fallait absolument que la
postérité les connût, ce n'était pas à M. de Las-
Cases à les lui transmettre. Il nous apprend que
le premier valet de chambre *prenait des notes.*
Pourquoi donc ne pas lui laisser le soin de raconter ces petites particularités, qui nous cho-
queraient moins dans son *Mémorial* que dans
celui de M. de Las-Cases? Le conseiller d'Etat
devait-il empiéter sur les droits du valet de
chambre?

M. de Las-Cases me permettra de lui faire un
autre reproche qui me paraît encore très-fondé.
Il ne veut pas que nous disions *l'empereur ra-
bâche.* « Il n'est pas permis, observe-t-il, d'appli-
« quer une telle expression à une telle personne. »
Non, sans doute; aussi ne prendrai-je pas cette
liberté. Mais si l'empereur est inviolable, M. de
Las-Cases, qui ne l'est pas, paiera pour son
maître, et doit répondre des redites si fréquentes
qu'on trouve dans son *Mémorial.* Je veux croire
que tout ce que Bonaparte a dit à Sainte-Hélène
est digne de mémoire; mais comment M. de Las-
Cases n'a-t-il pas senti que, si *remarquables,* si
*caractéristiques* que soient les *paroles* d'un grand

homme, il suffit, quand on ne veut pas fatiguer le lecteur, de les consigner une seule fois dans le même ouvrage?

Si, en rendant compte des deux premiers volumes, je n'ai pas remarqué, comme peut-être j'aurais dû le faire, qu'il y était bien souvent question de *l'Atlas historique* de M. Lesage, c'est que l'amour paternel me paraît excusable, même dans ses faiblesses, et que je connaissais les liens étroits qui unissent M. de Las-Cases et M. Lesage. Mais voilà qu'on y revient encore aujourd'hui, et non pas une fois, mais plusieurs! Dois-je avoir la même indulgence? Ne me serait-elle pas très-justement reprochée?

Au reste, je ne suis pas surpris que Bonaparte, qui avait du goût, ait loué un bon ouvrage; je le suis encore moins que l'auteur, M. de Las-Cases, ait été sensible à des éloges fort honorables pour lui; mais s'il ne se lasse pas de les répéter, nous pourrons bien nous lasser de les lire; et, je l'en avertis charitablement, il est temps que cela finisse.

M. de Las-Cases vous donne une idée assez juste de son *Mémorial,* quand il vous dit « qu'il y a « de *tout* et qu'il n'y a *rien.* » En effet, aucun sujet n'y est approfondi, aucun fait important n'y est suffisamment éclairci; et, en vérité, je ne vois pas quel fruit l'histoire pourra en recueillir. L'au-

teur prétend « qu'elle y rencontrera des *étincelles*
« qui la mettront sur la voie. » Moi je crains fort
qu'elles ne servent le plus souvent qu'à l'égarer.

J'avais demandé à M. de Las-Cases, qui ne cesse
de vanter la clémence et la bonté de Bonaparte,
quelques explications sur l'assassinat du duc d'Enghien; elles m'étaient promises, et je les attends
encore. On nous dit que « l'empereur énumérait
« ses droits, ses raisons »; nous serions curieux de
les connaître, et c'est une satisfaction que M. de
Las-Cases a craint de nous donner ; il se tait au
moment où nous l'écouterions le plus volontiers;
mais son silence est éloquent, on saura l'inter-
préter.

Au reste, si Bonaparte pouvait en être cru sur
parole, il serait fort innocent de la sanglante
exécution de Vincennes ; et, comme nous, il ne
l'aurait apprise que le lendemain matin par la
voie des journaux; il affirme du moins, ce que
personne ne doit croire, que « c'est M. de T.....
« qui a été le principal instrument et la cause ac-
« tive de la mort du duc d'Enghien. ». Où sont
les preuves ? On les cherche vainement dans le
*Mémorial*, on n'y en trouve pas une seule. M. de
Las-Cases a donc le tort très-grand, suivant moi,
de reproduire bien gratuitement une accusation
calomnieuse, qui d'ailleurs, et il aurait dû s'en aper-
cevoir, se trouve réfutée quelques lignes plus bas.

Est-ce que son *Mémorial* ne nous apprend pas que « l'empereur voulait à toute force faire M. de « T.... cardinal, et le mettre à la tête des affaires « ecclésiastiques? C'est votre lot, lui disait-il; vous « rentrez ainsi dans le giron de l'Eglise, et vous « fermez la bouche à tous les déclamateurs. » L'idée était heureuse, et même assez gaie; je regrette que l'empereur ne l'ait pas exécutée. Nous aurions aimé à voir M. le prince de T..... avec la calotte rouge; c'était son lot. Mais, badinage à part, Bonaparte, je le demande à M. de Las-Cases, eût-il jamais songé à faire M. de T... cardinal, à l'élever à la première dignité de l'Eglise, s'il avait pu voir en lui « le principal instrument et la cause « active de la mort du duc d'Enghien »? N'est-il pas plus raisonnable de croire que ce crime pesait sur sa conscience, et qu'il a voulu s'en soulager au profit de celle de M. le prince de T...., l'auteur, comme chacun sait, des deux restaurations?

C'est elle encore qu'il charge du *guet-apens* de Bayonne et de toutes les calamités qui l'ont suivi. Il soutient effrontément que « M. de T.... l'a poussé « à la guerre d'Espagne, bien que, dans le public, « il eût l'art de s'y montrer contraire »; et M. de Las-Cases ne manque pas de nous faire remarquer que « c'est par une espèce de malice que « Napoléon choisit Valencey pour y placer Ferdi-

« nand. » Mais qui ne sait que, dans les affaires de ce genre, Napoléon n'avait pas besoin d'être *poussé*, et qu'il allait toujours plus vite qu'on ne voulait? Il est d'ailleurs assez généralement reconnu que la guerre d'Espagne a été entreprise contre l'avis de M. de T....; s'il en était autrement, M. de T.... serait bien coupable, car il aurait fait perdre à Bonaparte une « moralité jusqu'alors « inattaquable », comme on le peut voir dans le *Mémorial.*

Cet ouvrage, il faut en convenir, renferme d'étranges choses; on s'en est scandalisé : que serait-ce donc, si M. de Las-Cases y eût laissé tout ce qu'il avait mis? « Mais, dit-il, j'ai fait des « retranchemens nombreux et de plus d'une es- « pèce. C'est sur ce qui touche les personnes sur- « tout que j'ai élagué avec profusion. Aussi puis- « je affirmer qu'il n'est aucun de ceux qui croi- « raient avoir à se plaindre de moi qui ne me « doive des remercîmens. » En ce cas, qu'il compte sur ceux de M. le prince de T.... Ce *traître* de Fouché lui en ferait également de très-sincères, s'il vivait encore; car il a beaucoup aussi, lui, à se louer des retranchemens de M. de Las-Cases, qui le traite avec une grande bienveillance, ainsi que beaucoup d'autres qui seraient peu sensibles aux bons procédés, s'ils n'avaient pas au moins la politesse de se faire écrire à sa porte.

La litanie serait longue, si je nommais ici tous ceux qui ont des obligations à M. de Las-Cases. Certes, M. de Lafayette ne saurait lui témoigner trop de reconnaissance. N'ai-je pas lu dans le *Mémorial* « qu'il était un niais peu taillé pour le « haut rôle qu'il avait voulu jouer? » Le compliment est joli! et à qui l'adresse-t-on? Le héros des deux mondes un *niais!* J'aurais pu le penser, mais à coup sûr je ne l'eusse pas dit. On voit donc que si, comme M. de Las-Cases le répète à chaque page, Bonaparte était bon, si même « l'histoire lui reprochera d'avoir été trop bon », c'était du moins une bien méchante langue. Le *Mémorial* le prouve, et il le prouverait bien mieux encore si M. de Las-Cases, qui est aussi très-bon, ne s'était pas cru obligé de faire des retranchemens si nombreux et « d'élaguer avec « profusion sur ce qui touche les personnes. »

Que devons-nous penser de certaine anecdote que Bonaparte aimait à raconter, et qui fait si peu d'honneur à l'homme célèbre qui en a fourni le sujet? Si elle n'est pas controuvée, car je ne veux rien garantir, elle expliquera peut-être un grand mystère. La voici telle à peu près qu'on me l'a donnée. Bonaparte, après avoir chassé à coup de crosse de leur salle nos augustes représentans, ce qui amusa beaucoup tous les représentés, se rendit au Luxembourg et pria M. S...., qui a fait plus de constitutions que je n'en lirai de ma vie, de lui en donner une bien solide, bien robuste, et qui pût durer un mois ou deux. M. S...., alors occupé de tout autre chose, le tira à part, et lui montrant une commode de chétive apparence :

« Voyez-vous, lui dit-il à voix basse, voyez-« vous ce beau meuble? Vous ne vous doutez « peut-être pas de sa valeur? il renferme huit « cent mille francs.... Nous avons imaginé cette « *petite caisse,* de laquelle nous tirions une somme « pour chaque membre sortant. En cet instant, « plus de directeurs; nous voilà donc possesseurs « du reste; qu'en ferons-nous? » Et en parlant ainsi ses yeux, dit l'historien, s'ouvrirent tout grands.

« Si je le sais, répondit Bonaparte, la somme en-« tière ira au trésor public; si je l'ignore, et je ne « le sais pas encore, vous pouvez la partager, vous « et D.... » Aussitôt M. S.... se chargea de cette opération; et, à l'exemple du lion de la fable, il prit une part, comme plus ancien directeur; une autre, comme un des principaux auteurs de l'heureux changement qui venait d'avoir lieu; une troisième...., une quatrième....; et il envoya le reste, qui était peu de chose, au pauvre D...., qui cria au voleur, et demanda long-temps, sans pouvoir jamais l'obtenir, la révision d'un compte où ses droits étaient évidemment lésés.

Voilà probablement une de ces *étincelles* que M. de Las-Cases promet à l'histoire, et qui doivent «la mettre sur la voie.» Ne demandez plus comment Bonaparte a pu triompher avec tant de facilité de la révolution et de ses plus chauds partisans; la *petite caisse* vient de vous l'apprendre. Si quelqu'un devait lui résister, c'était M. S....; et cependant vous voyez l'effet qu'elle produit sur lui: *ses yeux s'ouvrent tout grands.* Mais cette anecdote est-elle vraie? pour moi, j'en doute encore. Et qu'on ne dise pas que Bonaparte n'a pu mentir; cela lui est arrivé quelquefois, s'il m'en souvient bien.

Encore M. de Pradt! Je croyais que l'auteur lui avait pardonné tous ses péchés monarchiques; mais M. de Las-Cases a de la rancune. « L'empe- « reur disait : Ce n'est pas un évêque, c'est un « mage adorateur du soleil qui s'élève. » L'empereur a pu le dire; M. de Las-Cases n'aurait pas dû s'en souvenir, puisqu'il avait promis de tout oublier.

On ne faisait donc autre chose que médire à Sainte-Hélène? Les quatre volumes que M. de Las-Cases a publiés nous permettent de le croire, et je crains bien que ceux qui les suivront ne confirment cette opinion. L'auteur nous assure cependant « qu'il a fait des retranchemens nom- « breux, et que, sur ce qui touche les personnes,

« il a élagué avec profusion. » En vérité, on ne s'en aperçoit guère; et quand on voit ce qu'il a laissé, il est bien difficile de deviner ce qu'il a pu retrancher.

Quant au style du *Mémorial*, je n'ose en parler : il est déplorable; l'auteur en convient lui-même, et il demande grâce pour « les incorrections de « toutes espèces qu'on rencontrera dans son ou-« vrage. » Excusons-les donc, puisqu'il le veut; mais, certes, Bonaparte n'aurait pas été aussi indulgent, lui, qui relisant à Sainte-Hélène ses proclamations et ses bulletins, s'écria un jour : « Et ils ont osé dire que je ne savais pas écrire ! »

Sans être prophète, j'avais prédit que la publication de cet ouvrage ferait bien des mécontens dans un parti auquel très-certainement l'auteur n'avait pas l'intention de déplaire; et l'événement a déjà justifié ma prédiction. M. le comte de Las-Cases nous apprend que des hommes qu'il honore lui ont témoigné le vif déplaisir que leur avait causé l'article qui les concerne dans ses *souvenirs de Sainte-Hélène*; ils s'attendaient à être mieux traités par celui qu'ils avaient si fidèlement servi. C'est une grande injustice dont j'espère qu'ils se souviendront.

A la vérité, M. de Las-Cases nous apprend encore que ces *cœurs généreux et hauts* lui ont promis de ne point garder de rancune et de tout oublier; ils savent que le malheur a des droits à l'indulgence. « Or, lui ont-ils dit, Napoléon devait « être si malheureux sur son roc! ne peut-il pas « s'être laissé aller à de *l'aigreur?* il a eu d'ailleurs « à se plaindre de tant de monde! » Ces sentimens sont fort beaux, même très-chrétiens. Ils m'édifient; mais je conseille à M. de Las-Cases de douter encore de leur sincérité : de pareilles blessures ne se cicatrisent pas en si peu de temps.

Pour ne parler que de nos anciens sénateurs, dont le dévouement méritait certes une autre récompense, peut-on raisonnablement supposer que ces cœurs généreux et hauts aient déjà oublié tout ce qu'on lit d'offensant et d'injurieux sur leur compte dans le *Mémorial de Sainte-Hélène?* Ils excuseraient un peu *d'aigreur*, mais tant de mépris! un mépris si profond, si énergiquement exprimé, ils ne pardonneront jamais! Et après tout, quels reproches fondés Napoléon avait-il à leur faire? Je ne le vois pas. Ils lui sont restés fidèles aussi long-temps que la fortune; que pouvait-il exiger de plus? Un homme qui voyait de si loin devait savoir mieux que personne qu'à dater du jour où il cesserait d'être le plus fort, ses droits à la couronne deviendraient fort douteux et sa légitimité très-suspecte.

Ce n'est pas seulement aux individus dont il

médit que ce *Mémorial* a dû déplaire. On s'étonne, quand on le lit avec attention, que le parti libéral ne l'ait pas encore mis à *l'index*. Ses doctrines favorites y sont condamnées sans appel : car s'il a plu aux hommes de ce parti de changer tout à coup de principes, et de redevenir amoureux de nos libertés publiques, auxquelles, soit dit sans reproche, ils avaient naguère renoncé d'assez bonne grâce, Napoléon n'a pas changé, lui, il est toujours le même. Je le retrouve sur son roc, et dans le *Mémorial* de M. de Las-Cases, tel que nous l'avons vu ici pendant quinze ans, ne connaissant que le pouvoir, et si peu libéral qu'on serait quelquefois tenté de l'inviter à l'être davantage. C'était cependant une très-bonne tête, mais il paraît que les idées constitutionnelles du jour y pénétraient difficilement. « Ils veulent la « liberté, disait-il aux compagnons de son exil : « eh bien ! tout ce qu'ils arracheront ne leur « semblera jamais assez ; ils ne cesseront de se « défier ni d'être mécontens. » Est-ce lui ? le re-connaissez-vous ?

Nous pouvons donc maintenant nous dispenser d'opposer aux libéraux ceux de nos publicistes qui ont défendu la légitimité avec le plus de talent : aussi bien voyons-nous qu'ils n'en font pas un très-grand cas. Il nous suffira, pour les confondre, de leur dire : Ecoutez votre maître, écoutez celui dont les paroles ont toujours été pour vous autant d'oracles; vos doctrines lui répugnent, ce sont les nôtres qu'il protége. Oui, *l'homme des prodiges*, le *très-haut*, comme l'appelle encore M. de Las-Cases, combat avec nous.

C'est, je crois, un point bien décidé que nos adversaires ne veulent point d'aristocratie : l'ancienne surtout leur est odieuse; ils ne peuvent en parler de sang-froid. Elle n'existe plus; qu'importe? ils prodiguent à son ombre l'outrage et l'injure, soit dans les pamphlets, soit à la tribune. Mais Napoléon, et les deux volumes que j'annonce le prouvent encore mieux que les précédens, ne voyait pas l'aristocratie de si mauvais œil; il sentait même que, quoi qu'il fît, il ne pourrait jamais se passer d'elle. Mais voici mieux: ce faubourg Saint-Germain, que les libéraux regardent comme un camp ennemi et l'avant-garde des Cosaques du Don, ne lui inspirait pas, à beaucoup près, la même aversion; et toutes les fois qu'à Sainte-Hélène la conversation tombait sur nos *encroûtés*, il n'avait que des choses aimables à leur dire, et témoignait même le regret de ne pas avoir cherché davantage à leur plaire.

« Je vois bien, disait-il un jour à M. de Las-
« Cases, que j'ai mal fait mes arrangemens avec
« votre faubourg, et cependant cela m'a fort
« occupé. Malheureusement j'étais le seul dans

« mes intentions; tout ce qui m'entourait les
« contrariait au lieu de les servir. Il me fallait
« une aristocratie : c'est le vrai, le seul soutien
« d'une monarchie, son modérateur, son levier,
« son point résistant; l'Etat, sans elle, est un
« vaisseau sans gouvernail, un vrai ballon dans
« les airs. » J'en demande bien pardon à nos
publicistes; mais ils n'ont jamais mieux dit; on
croit entendre M. de Bonald.

Il lui fallait donc une aristocratie. Mais où la
trouver? A la Bourse? dans les fortunes nouvelles?
Je n'ose dire tout ce qu'il en pensait; il n'avait
rien d'ailleurs de plus à cœur que de se séparer
de la révolution, sur laquelle il sentait que la
*quatrième dynastie*, comme il disait, était fort
mal assise. Enfin c'était de l'ancien qu'il voulait;
car, ainsi qu'il l'observait encore très-judicieuse-
ment, « le bon de l'aristocratie, sa magie, est
« dans l'ancienneté, dans le temps; et c'étaient les
« seules choses que je ne pusse créer.... Il fallait
« donc recueillir les anciens noms, ceux de notre
« histoire.... » C'est ainsi qu'il espérait vieillir ses
institutions modernes; mais le temps lui a manqué : la quatrième dynastie a tourné si court!

Beaucoup de gens ont cru et croient peut-
être encore qu'il ne provoqua la dissolution de
son premier mariage que pour s'allier à l'une
des grandes maisons souveraines de l'Europe;

mais il nous apprend lui-même dans le *Mémo-rial* de M. de Las-Cases que, si son entourage l'avait laissé faire, « il allait épouser une Fran-« çaise. » Sans doute, direz-vous, quelque gentille demoiselle de la nouvelle France? Il vous semble déjà voir toute la chaussée d'Antin préparer ses habits de noces. Fi donc! l'empereur avait des vues plus nobles, plus élevées; il voulait épou-ser..... une Montmorency: ce fut « sa première « pensée, sa première inclination; » et, comme on peut le voir, Sa Majesté n'était pas dégoûtée. Mais ses ministres et ses conseillers privés qui, il s'en fallait bien, n'aimaient pas autant qu'elle « ces belles tiges françaises que son orgueil eût « été de relever et d'étendre », invoquèrent les intérêts de la politique, et la forcèrent de con-tracter une alliance qu'à l'entendre elle désirait peu, et à laquelle, mais très-injustement, elle a depuis attribué tous ses malheurs.

Eh bien! qu'en pensent maintenant nos libé-raux? Il me semble que les révélations que nous fait M. de Las-Cases doivent les mettre dans un assez grand embarras. Je les vois obligés, et c'est où je voulais les amener, de répudier ou leur idole ou leurs doctrines. Peuvent-ils décemment rester plus long-temps les amis d'un homme qui avait des vues si bienveillantes sur cette vieille aristocratie, objet de leur exécration, qui regret-

tait de n'avoir pas fait plus d'efforts pour « s'at-
« tacher l'émigration à sa rentrée », qui enfin,
et ceci, j'espère, va combler la mesure, a pu
avoir l'idée de confier l'enseignement public à
des ordres religieux? Quoi! il songeait à rétablir
les moines? oui, et même très-sérieusement; la
nouvelle est sûre, car c'est de lui que je la
tiens.

L'empereur, lorsqu'il fut question d'organiser
l'Université, avait dit à son conseil d'Etat, et il
répétait pendant son séjour à Sainte - Hélène :
« J'ai du penchant pour les moines; ma pensée
« est qu'ils seraient de beaucoup les meilleurs
« corps enseignans, s'il était possible de les maî-
« triser. » Les libéraux l'ont donc échappé belle;
le rétablissement des ordres religieux n'a tenu
qu'à un fil; s'ils avaient consenti à être *maîtrisés*,
nous les avions. Mais, vous allez sans doute le
demander : pourquoi celui qui avait du penchant
pour eux les supprimait-il partout où il les ren-
contrait? Pourquoi, par exemple, à ses risques
et périls, a-t-il fait sortir les moines espagnols de
leurs couvens? Voici le mot : ils étaient si riches!
et il avait, je le soupçonne, encore plus de penchant pour leurs biens que pour leurs personnes.
Mais ceux-là, du moins, ne se laissent pas dé-
pouiller sans résistance; et, après tout, ont-ils
tort? Tel qui les blâme en ferait tout autant à

leur place : faire mieux serait, j'en conviens, assez difficile.

N'importe à quelle page j'ouvre ce *Mémorial*, surtout le cinquième volume, j'y vois Bonaparte ou Napoléon, comme on voudra l'appeler, en opposition avec nos adversaires; ils ne parlent, eux, que de régénérer les nations. Il semble, à les entendre, que ce soit chose facile, un jeu, l'affaire de vingt-quatre heures, et qu'il suffise de dire à un peuple : Tiens, voilà une constitution, pour qu'il soit sur-le-champ constitué et régénéré. Mais on avait à Sainte-Hélène des idées bien différentes, et suivant moi beaucoup plus saines, sur cette question délicate. On y savait que « prétendre régénérer un peuple en un instant et en poste, est un *acte de démence*. » Ainsi, pendant que nos régénérateurs se croient fort sages, Napoléon, qui les croit fous, les envoie à Charenton pour régénérer leur bon sens. Qu'ils s'accordent donc !

Désirent-ils savoir encore ce qu'il pense de ces révolutions politiques qu'ils n'excitent pas, Dieu me garde de le penser, mais dont le spectacle les amuse, et, comme ils l'ont dit à la tribune en parlant de celle de Naples et de Turin, les fait *bondir de joie?* « Une révolution, disait-il, est un « des plus grands maux dont le ciel puisse affliger « la terre. Fléau de la génération qui l'exécute,

« elle enrichit les pauvres, qui ne sont pas satis-
« faits, appauvrit les riches, qui ne sauraient
« l'oublier, bouleverse tout, fait le malheur de
« tous, le bonheur de personne. » Ce passage,
que j'abrège à regret, est précieux. C'est, sans
contredit, pour me servir des expressions de
M. de Las-Cases, une des plus *belles dictées* de
l'empereur; j'invite nos adversaires à la faire en-
cadrer et à la relire tous les matins. Quelle leçon!
et par qui leur est-elle donnée! car l'autorité est
imposante : elle doit les terrasser.

Ils veulent la liberté, beaucoup de liberté, et
même un peu plus que dans leur intérêt comme
dans le nôtre. On ne peut leur en donner; mais
Napoléon n'en voulait pas du tout; ils en étaient
eux-mêmes si convaincus qu'ils ne l'ont jamais
trop contrarié sur cet article. C'est faussement
qu'on a prétendu que, vers la fin, il se repen-
tait de ce qu'il avait fait contre elle. La vérité est
qu'il s'en applaudissait et le rappelait toujours
avec autant de complaisance que ses plus belles
victoires. Le souvenir de Marengo, d'Austerlitz
et d'Jéna ne lui était pas plus agréable; j'en ai
aujourd'hui preuve en main.

Nous n'avons jamais su pourquoi il avait abandonné son armée d'Egypte au moment où elle
pouvait le moins se passer de lui. Le *Mémorial*
nous révèle aujourd'hui ce grand mystère. Les

adieux que fit Bonaparte à son successeur, le général Menou, expliquent tout. «Mon cher, lui « dit-il, tenez-vous bien ici, vous autres; moi, je « pars, et, si je mets le pied en France, *le règne* « *du bavardage est fini.*» Si ces paroles avaient besoin d'un commentaire, tous les législateurs nommés après le 18 brumaire pourraient nous le fournir; ceux-là ne bavardaient pas; le leur reprocher serait une grande injustice.

Nos tribuns parlaient encore; mais quelques uns d'entre eux s'avisèrent un jour de n'être pas de l'avis du premier consul; et quoique leur opposition fût très-douce, très-peu hostile, en un mot tout-à-fait différente de celle d'aujourd'hui, jamais il ne la leur a pardonnée; et toutes les fois qu'il s'en souvenait à Sainte-Hélène, elle l'irritait encore. Voyez avec quelle aigreur il s'exprime dans le *Mémorial* sur le compte de l'un de ces tribuns, malgré les témoignages d'intérêt qu'il en a reçus depuis. « Lors de la forma- « tion du tribunat, disait-il à M. de Las-Cases «qu'il avait ce jour-là invité à déjeuner sous sa « tente, Benjamin Constant employa les sollici- « tations les plus vives auprès de moi pour s'y « trouver compris; à onze heures du soir il sup- « pliait encore; à minuit, et la faveur obtenue, « il était déjà relevé jusqu'à l'insulte. La première « séance fut pour lui une superbe occasion d'in-

« vectiver. Le soir, illumination chez la Corinne
« génevoise : elle couronna son Benjamin et le
« proclama un second Mirabeau. » J'ai relu les
discours que M. Benjamin Constant prononça à
cette époque, et je n'ai pu y trouver ces *insultes*,
ces *invectives* qui avaient si fort choqué le premier consul. Quoi qu'il en soit, les tribuns furent
bientôt congédiés, et ainsi finit en France le
règne du bavardage; mais il devait recom-
mencer.

L'auteur de ce *Mémorial* aurait-il donc eu l'intention de brouiller son héros, son maître, avec
un grand nombre de ses amis? Je ne le pense pas;
mais c'est un service que, sans le vouloir, il nous
aura peut-être rendu. Les deux volumes qui vien-
nent de paraître m'ont confirmé dans cette opinion, et je vois avec plaisir que d'autres la par-
tagent. « La loi, dit M. de Las-Cases, est demeurée
« silencieuse; j'en suis fier pour elle : grâces lui
« en soient rendues. » C'est trop de reconnaissance; le sujet que M. de Las-Cases a traité n'est
plus aussi délicat qu'il le pense. Sainte-Hélène
aujourd'hui est pour nous l'autre monde, et tout
ce qu'on y a pu dire de mal sonnant et d'hétéro-
doxe ne vaut pas la peine que l'autorité s'en in-
quiète un instant; elle a donc fait comme moi,
elle n'a regardé le *Mémorial* de M. de Las-Cases
que du bon côté.

J'annonce une nouvelle qui doit paraître d'autant plus agréable, que depuis long-temps on désespérait de la recevoir. M. le comte de Las-Cases a enfin terminé son *Mémorial;* il peut dire maintenant : *Exegi monumentum.* Je l'en félicite, mais j'en félicite également ses lecteurs, qui commençaient à trouver que cela devenait un peu long. Quand finira-t-il? Les plus bienveillans eux-mêmes faisaient cette question.

En effet, tant de volumes, un si gros ouvrage pour un séjour si court dans l'étroite enceinte de Longwood! Y a-t-il conscience? Que serait-ce donc si M. de Las-Cases, qui n'a habité Sainte-Hélène que pendant dix-huit mois, y fût resté jusqu'à la mort de celui qu'il y avait acccompagné *pour l'honneur de l'émigration,* qui l'en remercie, mais qui en vérité n'en savait rien? Il est évident que dans cette hypothèse, même avec l'intention de nous obliger, il n'aurait pu nous en tenir quittes à moins de vingt volumes, et alors que de choses déjà lues et relues nous aurions été obligés de relire encore!

Que M. de Las-Cases, qui songeait à être plus tard l'historien de Sainte-Hélène, ait *consigné jour par jour* dans ses tablettes ce que disait et faisait le personnage fameux qu'il devait mettre en scène, rien de mieux : c'étaient de bons matériaux qu'il amassait pour composer l'ouvrage qu'il se proposait de publier ; mais cet ouvrage restait à faire, et c'est un travail auquel il n'a pas jugé à propos de se livrer. Du moins aurait-il dû n'extraire de son journal que ce qui pouvait offrir quelque intérêt à ses lecteurs ; on lui avait donné de bonne heure ce sage conseil, et on espérait qu'il en profiterait ; mais il n'en a tenu aucun compte : j'en suis fâché pour son monument.

De là tant de détails minutieux, tant de particularités indifférentes, que vous trouvez dans ce *Mémorial;* car on a beau être un grand homme, on n'en court pas moins le risque de faire dans son intérieur, et de dire dans l'abandon de la conversation des choses fort communes. De là encore ces répétitions fréquentes qu'il fallait éviter d'autant plus soigneusement, que de tous les défauts dans lesquels un écrivain peut tomber, c'est celui que les lecteurs excusent le moins. J'en connais qui, malgré les beautés de tout genre dont l'*Iliade* étincelle, et qu'ils sentent comme nous, ne pardonnent pas à Homère d'avoir fait ses héros si rabâcheurs. Que diront-ils donc de celui de M. de Las-Cases, qui revient si souvent sur les mêmes sujets, qui répète le lendemain ce qu'il a dit la veille, et souvent dans les mêmes termes ?

Je conçois très-bien, au reste, que l'auteur ait attaché beaucoup plus d'importance que nous à tout ce qu'il voyait et entendait à Sainte-Hélène ; il était alors, qu'il me passe cette expression, dans le délire de l'admiration, et les derniers volumes de son *Mémorial* me permettent de croire qu'il y est encore. Ses amis le plaignaient : « Je « vais, dit-il, me rendre enviable. Quel est celui « dont le cœur ne bat à de certains actes d'A- « lexandre et de César ? qui approcherait sans émo- « tion les vestiges de Charlemagne ? De quel prix « ne seraient pas les paroles, le son de la voix de « Henri IV ? Eh bien ! je possède tout cela à « Sainte-Hélène, et *mieux que tout cela.* » Ainsi ce n'était pas seulement un grand homme, ou trois ou quatre qu'il croyait voir et entendre, c'était un.... dieu, ou peu s'en fallait. Je ne peux expliquer autrement le *mieux que tout cela,* et cette explication est d'autant plus plausible, qu'en nous disant ailleurs, s'il m'en souvent bien, que Sainte-Hélène était un temple, on nous faisait assez clairement entendre qu'une divinité y pré- sidait. Il ne faut donc pas s'étonner que M. de Las-Cases ait publié son journal tel qu'il l'avait rédigé sur les lieux ; c'était pour lui un texte sacré dont il ne pouvait retrancher un seul mot, une seule syllabe, et qu'il devait nous trans- mettre sans la moindre altération. Malheureuse- ment peu de lecteurs partageront ses illusions et son enthousiasme. Le siècle est si froid !

Quant aux redites continuelles, que nous vou-
drions ne pas trouver dans le *Mémorial*, elles
seront jugées moins sévèrement si l'on considère
le but que se proposait celui qui peut être regardé
comme le véritable auteur de cet ouvrage dont
il fait tous les frais, et où il parle presque seul
depuis le commencement jusqu'à la fin. Il voulait,
on le voit bien, se réconcilier avec l'opinion, et
se justifier des reproches qu'elle lui fait encore,
et qu'il n'a, suivant moi, que trop bien mérités.
La tâche était difficile; il l'a senti, et c'est pourquoi il revient si souvent à la charge.

Il soutient par exemple, dans ces nouveaux
volumes comme dans les précédens, qu'il n'a
pendant tout son règne attaqué personne; que
toutes ses guerres, sans en excepter une seule,
ont été entreprises pour sa défense personnelle;
que « ses ennemis ont toujours manqué de bonne
« foi; lui, jamais.... » Certes, voilà de ces vérités
qu'il ne devait pas se lasser de redire, puisque,
malgré tous ses efforts et ceux de ses amis, elles
ne sont pas encore bien inculquées dans nos
esprits. Un mot d'explication serait nécessaire,
et je suis surpris que M. de Las-Cases ne l'ait pas
demandé, et que dans un de ces momens d'a-
bandon où la divinité de Sainte-Hélène daignait
s'humaniser avec lui jusqu'à lui pincer l'oreille,
ce qui arrivait assez souvent, il ne l'ait pas priée

de lui dire : 1° sur quel point le roi d'Espagne l'avait attaqué en 1808; 2° si c'était pour sa défense personnelle que plus tard nous l'avions vu courir comme une folle à Moscou; 3°.... Mais M. de Las-Cases ne faisait point d'observations; quoique conseiller d'Etat, il se contentait du rôle modeste d'auditeur, craignant sans doute qu'à la première interrogation le dieu, fronçant le sourcil, lui dît : Tes pourquoi ne finissent jamais.

Voulant faire sa paix avec l'esprit du siècle, Napoléon, un peu tard il est vrai, se donne pour un chaud partisan des idées libérales, du progrès de la raison et de tout ce qui s'ensuit; c'est un des points sur lesquels il insiste le plus dans ce *Mémorial*, mais pas encore assez pour réformer l'opinion de ses juges, moins prévenus en sa faveur que M. de Las-Cases. Lui, libéral! il se calomnie à plaisir. Mécontent, je le conçois; il devait l'être, car il avait beaucoup perdu; mais libéral! pour son honneur je n'en veux rien croire, et je conseille fort aux libéraux de ne pas se presser d'inscrire son nom sur leurs *Vies des Saints*, malgré les agaceries intéressées qu'il leur faisait à Sainte-Hélène, et quoique dans les derniers temps il ait été abonné, par les soins de M. de Las-Cases, à *la Minerve française*, à *la Bibliothèque historique* et à d'autres bons recueils de ce genre.

Combien de fois ne nous dit-il pas encore,

dans ses huit volumes, qu'il était bon , infiniment bon ! Mais aussi combien de fois ne devait-il pas le répéter pour que nous pussions le croire seulement pendant cinq minutes ! Moins il avait de preuves à l'appui de cette assertion, plus souvent il devait la reproduire. M. de Las-Cases estime cependant que cette thèse est aujourd'hui bien démontrée, qu'il n'est pas plus permis de la discuter que l'évidence elle-même, et que désormais on *rira au nez*, ce sont ses expressions, de quiconque essaierait de la combattre. Mais il est des préjugés qu'on ne vient pas aisément à bout de détruire, et, au risque de me faire *rire au nez* par M. de Las-Cases, je déclare qu'il me reste quelque doute sur la bonté de son héros; bonté qui, dit-il, allait jusqu'à la bonhomie. *Napoléon-le-Bon* choque bien plus mon oreille que Napoléon-le-Grand.

C'était afin de pouvoir apprécier cette bonté un peu équivoque qu'à l'apparition des premiers volumes du *Mémorial* j'avais demandé des renseignemens bien précis sur l'affaire à jamais déplorable de Vincennes; car s'il est permis de juger les rois et les empereurs, du moins après leur mort, il n'y a pas, que je sache, de privilége pour l'illégitimité et l'usurpation. Ces renseignemens me furent promis; cependant quatre autres volumes parurent, et la cause ayant été appelée de nouveau, l'accusé fit défaut. Enfin, il se présente aujourd'hui, et il essaie de se justifier de la plus terrible de toutes les accusations; mais ses moyens de défense sont si faibles, qu'il eût beaucoup mieux fait de ne pas répondre. Se défendre si mal, c'est prononcer sa propre condamnation.

« Le prince, nous dit-il, n'avait d'autre but « que d'attenter à ma vie; il était dans la con- « spiration de Georges et de Pichegru.... » Où sont les preuves? Il en faut ici et même de très-fortes; où sont-elles? M. de Las-Cases n'en donne aucune. On voit qu'il s'était flatté que, dans une affaire aussi grave, on voudrait bien l'en croire sur sa parole.

« Si le duc d'Enghien ne trempait pas dans la « conspiration, pourquoi dormait-il sur les bords « du précipice? » Ainsi on se saisit de sa personne, on l'amène à Vincennes et on le fait fusiller sans la moindre formalité. Puis on demande pourquoi il se trouvait là? C'est en effet le seul tort qu'on puisse lui reprocher; la victime était bien imprudente de venir se placer si près de son bourreau.

« J'ai appris depuis, mon cher, dit encore Bo- « naparte à M. de Las-Cases, que ce prince m'était « favorable, qu'il ne parlait pas de moi sans quel- « que admiration; et voilà la justice distributive « d'ici-bas! » Il assure que, s'il avait connu plus

tôt « les opinions et les sentimens personnels du
« duc d'Enghien, l'arrêt fatal n'eût pas été exé-
« cuté. » Et qui donc en avait ordonné la prompte
exécution ? N'est-ce pas celui-là même qui voudrait en rejeter l'odieux sur des subalternes ? Il
n'est que trop démontré que le malheureux prince
fut sacrifié à une infâme politique ; crime atroce,
qui est resté trop long-temps impuni ; et voilà,
comme disait lui-même le coupable, « la justice
« distributive d'ici-bas. »

M. de Las-Cases se plaint sans cesse et avec
beaucoup d'amertume des procédés du gouver-
neur de Sainte-Hélène, qui, au lieu de chercher à adoucir, comme il l'aurait dû, la captivité
de Bonaparte, s'étudiait au contraire à la rendre
moins supportable. « Ce n'était pas ainsi, dit-il,
« que Napoléon traitait ses prisonniers. » Nous
serons toujours les premiers à condamner toute
rigueur inutile, toute rigueur qui aurait le caractère de la vexation ; mais il paraît que M. de Las-
Cases ignore comment quelques prisonniers ont
été traités à Vincennes, au Temple et ailleurs.
Des relations non moins véridiques que son
*Mémorial* pourront le lui apprendre. Je l'invite
à les lire ; elles l'édifieront.

Puis, sans vouloir établir ici une odieuse parité,
ne sait-on pas quels indignes outrages a essuyés,
soit en Italie, soit en France, un vertueux pon-

tife qui ne s'en est vengé depuis qu'en admettant dans ses Etats la famille de son persécuteur? M. de Las-Cases parle des égards qu'eut Bonaparte pour Charles IV et pour Ferdinand VII; mais si, par la plus lâche des perfidies, ces princes furent ses prisonniers, n'y a-t-il pas quelque maladresse à nous en faire souvenir?

Des 20 et 27 janvier, 24 février, 12 mai et 8 septembre 1823.

# MÉMOIRES

INÉDITS

## DE M^me LA COMTESSE DE GENLIS,

SUR LE XVIII^e SIÈCLE ET LA RÉVOLUTION FRANÇAISE,

DEPUIS 1756 JUSQU'A NOS JOURS.

> Je me peindrai en buste.
> M^me DE STAAL.

L'apparition de ces Mémoires m'a causé une surprise fort agréable; je ne les attendais pas si-tôt. Je savais que, malgré la grande impatience que nous avons de les lire, l'auteur en avait ajourné la publication à une époque qui, ses amis l'espèrent bien, n'est pas encore prochaine. « Mes Mémoires ne paraîtront qu'après ma mort. » M^me la comtesse de Genlis l'assurait très-positive-ment dans son dernier ouvrage, qui a pour titre : *De l'Emploi du temps*; mais, heureusement pour nous, elle a changé d'avis, et, comme elle ne fait rien sans réflexion, nous devons croire que si, il y a un an, elle avait de bonnes raisons pour ne pas vouloir que ses Mémoires parussent avant sa mort, elle en a aujourd'hui de meilleures pour les publier de son vivant.

La vérité, dans tous les cas, ne peut qu'y gagner. Si, en parlant des autres, M^me de Genlis a, malgré elle, commis quelques injustices, elle est là pour en répondre et pour faire droit aux réclamations des parties intéressées; si, en parlant d'elle-même, elle a oublié quelque chose, car ceux ou celles qui publient des souvenirs peuvent très-bien ne pas se souvenir de tout, vous lui rappellerez les particularités plus ou moins importantes qui seront échappées de sa mémoire, et elle s'empressera, soyez-en sûrs, de réparer une omission involontaire. Les Mémoires posthumes n'offrent pas ces avantages, et M^me de Genlis, en faisant paraître les siens quand elle vit encore, a voulu donner au public une garantie de leur impartialité.

J'en trouve une autre dans les sentimens généreux qui l'animent, et dont tous ses lecteurs seront aussi édifiés que moi. M^me de Genlis, on le sait, a été toute sa vie en butte aux traits de la malice humaine; pourtant elle n'en conserve aucun ressentiment. « A mon âge, dit-elle, il ne « faut pas un grand effort d'imagination pour se « croire déjà enveloppée des ombres du tombeau;

« et là toutes les petites vanités sont appréciées,
« toutes les inimitiés s'anéantissent..... Un seul cri
« se fait entendre : *Miséricorde !* Le juge souve-
« rain y répond par ces paroles : *As-tu par-*
« *donné ?*.... Oui, Seigneur, j'ai pardonné sans
« restriction. » C'est, on en conviendra, n'avoir
pas de rancune ; et certes, beaucoup de femmes,
à la place de l'auteur, se montreraient moins
généreuses, et voudraient du moins excepter de
ce pardon général une douzaine d'épigrammes
qu'il est d'autant plus difficile de pardonner,
qu'elles sont très-agréablement tournées ; mais,
comme le dit fort bien l'éditeur de ces Mémoires,
M^me de Genlis « voit tout de la hauteur d'une
« âme qui n'a plus d'intérêt dans le présent ; elle a
« tout oublié, tout pardonné. »

J'avoue que, en lisant ce début plein de charité
chrétienne, j'ai eu la mauvaise pensée de dire à
M^me de Genlis : « Pour Dieu, Madame, ne soyez
pas si bonne : vos lecteurs auraient à s'en plaindre » ; mais je me suis bientôt aperçu que, malgré
sa très-grande bonté, M^me de Genlis, qui voulait que ses Mémoires fussent véridiques, y
faisait très-innocemment une part fort honnête
à la malignité ; et, je le demande, peut-il en être
autrement dans un ouvrage qui renferme tant
d'anecdotes particulières, où tant d'événemens
sont retracés, tant de personnages passés en re-

vue, dans un ouvrage qui embrasse la moitié du siècle dernier et le quart de celui-ci ( 1756-1825 )?

Il n'y a pas de bonté qui tienne; on doit s'attendre à trouver dans les Mémoires de M<sup>me</sup> de Genlis un grand nombre de critiques. Elle assure « qu'elle ne s'est jamais permis d'en faire que « dans l'intérêt de la religion et de la morale. » Je le sais; mais qu'importe? ces critiques n'en sont pas quelquefois moins piquantes, fort heureusement pour l'éditeur, M. Ladvocat, que la charité chrétienne de M<sup>me</sup> de Genlis, si elle eût été poussée à l'excès, n'aurait pas du tout accommodé, et qui ne doit pas être fâché de voir que, dans cette circonstance, l'intérêt de la religion et de la morale s'accordent parfaitement avec le sien, et je puis ajouter avec le nôtre; car des Mémoires où l'on ne médirait pas un peu du prochain nous paraîtraient fort insipides.

Les premières années de M<sup>me</sup> de Genlis n'offrirent rien de très-remarquable, et je crois que M. Fréville n'est pas obligé de la placer parmi ses *Enfans célèbres*. Toutefois, elle prouva d'assez bonne heure qu'elle était née, comme elle nous l'apprend elle-même, «avec le goût des choses extraordinaires. » On représenta un jour, dans le château de son père, je ne sais quel opéra-comique, avec un prologue tiré de la mythologie; elle joua, dans ce prologue, le rôle de l'Amour, et son joli costume lui plut tant, qu'elle ne voulut plus le quitter. Ses bons parens se prêtèrent trop facilement à cette fantaisie : elle eut donc son habit d'amour des jours ouvriers et son habit d'amour des dimanches. Sa mère et tous les amis de la maison ne l'appelèrent plus que *l'Amour;* « et, ajoute-t-elle, le nom m'en resta. » Ce qui n'était pas de mauvais augure.

Mais la fête de Dieu arrivant, l'amour disparaissait : notre héroïne suivait, habillée en *ange,* toutes les processions, et, lorsqu'elles étaient terminées, elle reprenait bien vite son habit d'amour, ses bottines couleur de paille et argent, son arc, son carquois et ses ailes bleues. Cette bizarre éducation produisit les effets qu'on devait en attendre. Le caractère et l'imagination de M^me de Genlis s'en sont, de son aveu, fort ressentis. On s'étonnait de trouver si souvent, même dans ses meilleurs ouvrages, le religieux mêlé au profane. La raison en est aujourd'hui bien connue : l'amour et l'ange ont tour à tour passé par-là. Toutes les impressions de l'enfance sont vives et durables.

Les historiens à qui, sans lui en demander la permission, il a plu de parler de M^me la comtesse de Genlis, ont passé sous silence un des événemens les plus mémorables de sa vie; elle s'en plaint très-amèrement dans ses Mémoires. « On

« a jugé à propos, dit-elle, de placer à mon insu
« dans trois biographies un *Abrégé de ma vie.*
« J'ai lu ces trois articles, et j'ai vu, entre autres
« méprises, que les rédacteurs ignoraient qu'a-
« vant mon mariage j'ai été chanoinesse, et que
« je n'ai jamais porté, à cette époque, le nom
« qu'ils me donnent. » C'est cependant avec cette
négligence qu'on écrit l'histoire contemporaine.

Si ces biographes mal informé eussent, comme
ils le devaient, consulté M<sup>me</sup> de Genlis avant de
placer dans leurs ouvrages un abrégé de sa vie,
elle leur aurait appris qu'après avoir fait ses
*preuves* devant MM. les comtes de Lyon, elle fut
reçue chanoinesse du très-noble chapitre d'Alix;
que le jour de sa réception, le prêtre voulant,
suivant le cérémonial, lui couper une petite
mèche de cheveux, lui coupa un petit bout
d'oreille, ce qu'elle supporta *héroïquement* sans
se plaindre. Cela fait, on lui passa les marques
de l'ordre, un cordon rouge et une belle croix
émaillée, et que depuis ce moment jusqu'à
l'époque de son mariage, on l'a toujours appelée
M<sup>me</sup> la comtesse de Bourbon-Lancy, et non
M<sup>lle</sup> Ducrest, comme on l'a très-faussement prétendu. Voilà les biographes présens et futurs bien
avertis; il faut espérer qu'ils sauront éviter les
grossières méprises de leurs devanciers.

La jeune chanoinesse, après sa réception, fut

conduite à Paris par sa mère, et elle y vit pour la première fois M^{me} de Montesson, sa très-chère tante, dont elle dit, mais *sans animosité*, un mal affreux dans ses Mémoires. S'il faut l'en croire, il n'y a pas d'artifices que cette dame n'ait employés pour tromper le duc d'Orléans, qui se flattait d'en être aimé, et qui, pauvre dupe, a fini par l'épouser. La bonne nièce a encore la charité de nous apprendre que sa tante, qui avait la manie d'être auteur, ne savait pas l'orthographe, et que c'est grâce à son teinturier nommé Lefèvre qu'elle a composé tous ses ouvrages; mais elle ne fait ces révélations *qu'à regret* : elle y a été *forcée*; et il faut bien que cela soit ainsi, car, comme elle le dit, « elle a naturellement beau-« coup d'indulgence et de bonté dans le cœur et « dans le caractère. » Puis, n'oublions pas la réponse qu'elle a faite au souverain juge : « As-tu « pardonné? — Oui, Seigneur, j'ai pardonné « sans restriction. » Paix aux bons cœurs.

Une nouvelle très-affligeante vint troubler le bonheur dont l'auteur de ces Mémoires avait constamment joui jusqu'alors : on lui annonça la ruine entière de sa famille. Son père et sa mère, qui avaient toujours eu QUATRE femmes de chambre, ne conservaient qu'une chétive pension de douze cents francs, et encore était-elle viagère. Il ne restait donc à leur fille que son titre de comtesse, son cordon rouge et sa belle croix émaillée ; mais cette fille avait cultivé les arts agréables, et elle y avait fait en si peu de temps de si grands progrès, que ses maîtres croyaient qu'elle pouvait très-bien se passer de leurs leçons. Elle chantait à ravir, elle était sur la harpe de la première force ; et même, car elle le dit, « d'une « force tout-à-fait inconnue jusqu'alors. » Elle jouait encore et fort bien du clavecin, de la guitare, de la mandoline, du pardessus de viole, de la musette.... Je ne sais de quel instrument elle ne jouait pas. On n'est donc pas surpris si, avec tant de talens, elle fut désirée dans les sociétés les plus brillantes de la capitale, et si on se faisait une fête de l'entendre. Ajoutez qu'en la voyant chacun disait : Qu'elle est jolie ! et on disait vrai. Si M^{me} de Genlis veut s'en souvenir, elle ne pourra s'empêcher de convenir que la jeune chanoinesse du chapitre noble d'Alix était extrêmement jolie.

Je touche à un chapitre qu'on s'attend ordinairement à trouver dans les Mémoires d'une femme. L'héroïne de ceux que j'annonce avait à peine douze ans.... Voici déjà venir les adorateurs. On ne veut pas lui laisser le temps de grandir. Un jeune homme de dix-huit ans, le fils du docteur Finot, devint éperdument amoureux d'elle ; un billet qu'elle en reçoit ne lui permet pas d'en

douter. « Mon premier mouvement, dit-elle, fut
« d'être excessivement choquée que le fils d'un
« médecin, qu'un homme qui n'était pas *gentil-*
« *homme*, osât me parler d'amour. » En effet,
l'insolence était grande : un bourgeois, le fils
d'un médecin ! et M^me de Genlis daigne s'en souvenir? C'est que, comme elle le remarque très-
finement, une femme n'oublie jamais la première
passion qu'elle a inspirée. Le fils du docteur Finot
a bien fait de se hâter. S'il fût arrivé un peu
plus tard, il n'aurait pas aujourd'hui l'honneur
d'être cité dans ces Mémoires.

« Quel dommage qu'elle n'ait que treize ans » !
disait M. de la Popelinière, chez lequel elle passa
un été avec sa mère. Ce mot souvent répété fut
compris, et on fut très-fâchée de n'avoir pas deux
ou trois ans de plus. On avait pour ce fermier-
général la plus haute estime, et s'il avait eu la
patience d'attendre, on l'aurait très-volontiers
épousé. « C'est, dit M^me de Genlis, le seul
« vieillard qui m'ait inspiré cette idée. » Elle le
prouva un peu plus tard au comte d'Andlaw et
au baron de Zurlauben. Ce dernier n'avait encore
que quatre-vingts ans ; mais il eut beau lui offrir
respectueusement *son cœur* et *sa main*, la cruelle
ne voulut ni de l'un ni de l'autre.

Vint ensuite un M. de Monville ; celui-là était
jeune, avait une beauté noble, des manières char-

mantes, des talens, de l'agrément dans l'esprit, de la douceur dans le caractère; ajoutez à tout cela une grande fortune. « C'était, dit M^{me} de « Genlis, le seul homme de cet âge que j'eusse « remarqué, et qui m'eût paru digne de l'être. » Malgré tous ses avantages, il n'en fut pas moins éconduit. La chanoinesse d'Alix avait-elle donc aussi, elle, une promesse d'être épousée par Dieu le père? Non, mais le vieux fermier-général, qui avait « subjugué son admiration », n'ayant pas jugé à propos de l'attendre, elle voulait épouser un homme de qualité, et ce qui flatte encore plus l'amour-propre d'une femme, un homme de cour. Le comte de Genlis et le curé de Saint-Roch firent de son rêve une réalité.

Les biographes dont j'ai parlé plus haut prétendent que M^{me} de Genlis dut ce mariage brillant à sa grande réputation littéraire; c'est une erreur, elle n'avait encore que dix-sept ans, et ce fut plus tard, comme on le verra dans un second article que je me propose de faire sur ses Mémoires, qu'elle eut le courage de devenir auteur et de braver les dangers de la célébrité.

Les lecteurs savent déjà que, avant son mariage, l'auteur de ces Mémoires avait paru dans le grand monde, et y avait même été très-gracieusement accueilli. Pourtant alors, de son propre aveu, elle s'y trouvait mal à son aise. On avait

beau la combler d'égards et d'attentions, la
« caresser à l'excès », elle sentait fort bien que,
sans ses talens, « on n'aurait eu aucune envie de
« l'attirer. » Elle pouvait donc dire : O ma harpe!
que je te remercie! c'est à toi que je dois d'être
ici. Et voilà ce qui, suivant elle, explique cette
*excessive timidité* qu'elle a si long-temps conservée et qu'on a eu souvent occasion de lui reprocher.

Elle n'ose répéter dans ses Mémoires « les choses
« véritablement folles qu'elle inspirait quand on
« la voyait à sa harpe. » Elle était *accablée* de
louanges; mais, grâce à la délicatesse de son goût,
ces louanges n'étaient pas toutes également bien
reçues; et je conçois qu'elle ait fini par prendre
en aversion les fades louanges qui ne cessaient de
la comparer au roi David. Insipidité à part, il lui
était très-permis de trouver ce compliment beaucoup plus flatteur pour le roi David que pour elle.

Ce que la pauvre chanoinesse d'Alix devait re-
garder comme une faveur accordée à ses talens,
et surtout aux admirables cadences qu'elle faisait
sur sa harpe, appartenait de droit à la comtesse
de Genlis. On n'est donc plus étonné, en lisant
ses Mémoires, de la trouver au milieu de tout ce
que, à cette époque, la France offrait de plus
distingué et de plus grand, de la rencontrer même
chez nos princes du sang : à l'Ile-Adam, chez le

prince de Conti; à Chantilly, chez le prince de Condé; c'est la place que son rang, sa nouvelle position lui assignent.

Pourquoi suis-je ici obligé de rappeler à M<sup>me</sup> de Genlis cette édifiante prière que, en commençant ses Mémoires, elle a adressée au souverain juge? « Seigneur, daignez guider ma plume; ne souffrez « pas qu'il s'en échappe un seul mot d'aigreur. Si « j'ai commis quelque injustice, faites que je m'en « souvienne pour la réparer, afin que vous ne me « la reprochiez pas. Que la candeur et la bonté « brillent surtout dans cet écrit! » Je suis touché, comme je le dois, de ces belles paroles, car je ne doute pas de leur sincérité; mais M<sup>me</sup> de Genlis, j'en appelle à sa candeur, ne les a-t-elle pas entièrement oubliées en parlant du prince de Condé? Quoi! elle se permet de dire que ce prince « était « extrêmement dissimulé, vindicatif à l'excès; « qu'il trouvait une sorte de plaisir dans la haine! » Croyez-moi, Madame, faites bien vite un acte de contrition, et que cette grande injustice soit réparée dans la seconde livraison de vos Mémoires, sinon le Seigneur, quand il comptera avec vous, ne manquera pas de vous la reprocher, et alors je ne réponds pas des conséquences.

M<sup>me</sup> de Genlis prétend que le prince de Condé était son *ennemi*. D'abord ce ne serait pas une excuse; puis la cause qu'elle assigne à cette ini-

mitié est bien étrange, voire un peu ridicule.
Elle était à Chantilly, et le prince avait pour elle
les attentions les plus aimables, lui demandant
toujours ce qu'elle voulait qu'on fît le lendemain,
si elle désirait qu'on soupât à l'île Sylvie ou à
l'île d'Amour?... Cette galanterie lui parut sus-
pecte, et voilà qu'elle s'imagine qu'un hôte si
galant doit avoir de mauvais desseins sur elle.
« Dès que je m'en aperçus, dit-elle soixante ans
« après l'événement, je fis perdre à M. le prince
« de Condé l'idée qu'il pourrait réussir. Depuis
« ce moment, il devint mon ennemi et l'a tou-
« jours été. » On n'en voudra rien croire.

Je doute même qu'il ait eu sur elle des vues
aussi sérieuses qu'elle le suppose. Elle convient
elle-même que B. A. se conduisait ainsi avec
toutes les femmes qui avaient quelque agrément. Cela étant, elle avait plus de droit que
beaucoup d'autres aux politesses de ce prince.
Mais, observe-t-elle, « il disait souvent qu'il n'y
« avait qu'une *seule manière* de s'assurer d'une
« jolie femme. » A la bonne heure! mais rien ne
prouve encore qu'il ait songé à s'assurer d'elle de
cette manière-là. Et je suis très-porté à croire
que sa vertu farouche a trop légèrement pris
l'alarme. Dans toute hypothèse, ce qu'elle a de
mieux à faire aujourd'hui, si elle veut être pardonnée dans ce monde et dans l'autre, c'est de

suivre le conseil que je lui ai donné, bien plus dans son intérêt que dans celui du prince; car, si imposant que soit son témoignage, M^me de Genlis doit sentir qu'il n'est pas en son pouvoir de flétrir la mémoire du digne petit-fils du grand Condé, de quelque manière qu'il ait voulu s'assurer d'elle.

En parlant de ses talens, j'en ai oublié un qui lui a valu autant d'applaudissemens que sa harpe et sa musette : elle jouait la comédie en perfection. Vous pouviez lui confier les rôles les plus opposés; elle les rendait également bien; non moins admirable dans Roxelane que dans Agnès. Mais une gloire plus belle encore, car le sort en est jeté, M^me de Genlis va devenir auteur, et si elle a été tant applaudie quand elle jouait dans les pièces des autres, que sera-ce lorsque, assistée de ses deux filles, qui menacent d'être aussi jolies que leur mère, elle jouera les siennes? Tout Paris célébrera ses talens; M^me de Montesson, sa tante, qui ne l'aime pas et à qui on le rend bien, en séchera de jalousie, et le duc d'O...., le *gros père,* comme on l'appelle dans ces Mémoires, pourra bien aussi en maigrir un peu. M^me de Genlis remarque que ni l'un ni l'autre ne voulut être une seule fois témoin de ses triomphes.

On voit, en lisant ses Mémoires, à quelle occasion elle composa une partie des petits drames moraux qu'on lit aujourd'hui avec plaisir dans son *Théâtre d'éducation*. On y voit encore avec quel succès ils furent représentés, non en petit comité, non en présence de quelques amis, comme l'*excessive timidité* de M^me de Genlis pourrait le faire croire, mais devant *cinq cents* spectateurs dont le plus grand nombre lui étaient aussi inconnus qu'à vous. « Ce succès, dit-elle, « fut prodigieux et alla *jusqu'à l'enthousiasme....* « Il me mit fort à la mode. » Le moyen d'en douter quand on lit tous les vers, bons ou mauvais, qu'elle inspirait, tous les madrigaux, tous les impromptus qu'on lui envoyait le lendemain matin, et dont elle a conservé un si doux souvenir! Heureux temps! la malignité dormait encore, mais elle ne devait pas tarder à s'éveiller : M^me de Genlis en était avertie.

Ce fut après une de ces représentations où elle avait été plus applaudie que ne l'est aujourd'hui M^lle Mars quand elle joue les rôles qui lui conviennent, que le chevalier de Chastellux qui, elle ne l'a pas oublié, « l'aimait beaucoup à cette *époque*, l'embrassa avec la plus vive émotion sur le théâtre, et lui dit, les larmes aux yeux : « Ce jour est beau, mais il annonce des orages « qui me font trembler pour vous. » M^me de Genlis, qui était alors fort à la mode, ne partagea point les craintes de son ami; mais elle convient

aujourd'hui que le chevalier de Chastellux « avait
« raison »; et vraiment il est fort heureux pour
nous qu'elle ne s'en soit pas aperçue plus tôt.
Voyez ce que nous y eussions perdu; nous n'aurions ni *Mademoiselle de Clermont*, ni d'autres
charmans ouvrages qui nous consolent, et elle
aussi probablement, des orages et des épigrammes
qui ont pu troubler le bonheur de sa vie.

M<sup>me</sup> la comtesse de Genlis sait que le public
aime les confessions générales; mais elle croit
avec raison que les auteurs de Mémoires particuliers ne sont pas obligés, en conscience, de
satisfaire sa malignité, et de lui « conter toute
« leur histoire. » Il est des fautes graves qu'on leur
permet de passer sous silence, à moins qu'ils ne
se lient aux événemens qu'ils se proposent de
retracer; car alors, dit M<sup>me</sup> de Genlis, « il faut
« s'accuser sincèrement et ne point chercher à
« atténuer ses torts. » C'est le noble exemple
qu'elle donne aujourd'hui, en rendant humblement compte *d'une des plus grandes fautes de
sa vie*, d'une faute dont elle sent toute l'énormité,
et que « Dieu a punie comme elle le méritait »,
parce qu'il connaissait les motifs très-mondains
qui l'ont déterminée à la commettre.

Quitter un asile sûr, où sa réputation était à
l'abri de toute atteinte, pour aller, malgré la
promesse qu'elle avait faite à sa vertueuse amie,

M^{me} de Custines, habiter un séjour que ses vingt-quatre ans, sa jolie figure et surtout ses beaux yeux noirs rendent plus dangereux pour elle que tout autre!... Mais si d'un côté il y a des écueils, des dangers, de l'autre, quel éclat! C'en est fait, la vanité, mauvaise conseillère, l'emporte sur la raison. M^{me} de Genlis, « qui a de l'idéal dans la « tête et dans l'imagination », entre.... au Palais-Royal!!! Lecteurs, priez pour elle.

Il semble qu'en ce jour *fatal* le ciel ait voulu lui donner un salubre avertissement : « En tour- « nant, dit-elle, dans la rue de Richelieu, mon « cocher, voulant couper un fiacre, passa sur une « borne. La secousse fut violente, je crus que « nous versions.... » Quel présage! M^{me} de Genlis n'en fut pas assez épouvantée : c'était le moment de se souvenir de ces paroles prophétiques de sa bonne parente M^{me} de Puysieux, qu'elle venait de quitter : « Oui, vous aurez une destinée extra- « ordinaire.... Mais quelle sera-t-elle! » Il en était temps encore; M^{me} de Genlis pouvait retourner sur ses pas; elle n'en fit rien. La voilà dans les *petits appartemens* du Palais-Royal, pleins de honteux souvenirs, et dont la *magnificence du boudoir* lui rappelle les infâmes orgies de la régence.

Je lis dans ces Mémoires qu'on disait dans le monde que la fée *Guignon-Guignolant* avait pré-

sidé à la naissance de la duchesse de Mazarin,
qui était belle et ne pouvait plaire à personne,
qui était bonne et qu'on croyait méchante, qui
avait de l'esprit et qu'on prenait pour une sotte.
M^me de Genlis n'aurait-elle pas, mais sous d'autres
rapports, à se plaindre de la fée *Guignon-Guignolant?* Je serais assez porté à le croire; mais
il est certain « qu'elle a toujours eu l'esprit par-
« faitement juste, et par conséquent un grand
« fonds de raison. » Pourtant elle a fait dans sa
vie « mille étourderies, mille actions déraisonna-
« bles. » Elle l'a dit par deux fois, et pour éviter
toute dispute, je serai de son avis. Mais je demanderai comment, avec un esprit si juste et un
si grand fonds de raison, elle a pu être si *étourdie,*
et « réfléchir si peu sur sa conduite et sur l'ave-
« nir? » Ce phénomène que nous offre sa destinée extraordinaire est très-remarquable, et j'ai
besoin de la fée *Guignon-Guignolant* pour l'expliquer. C'est à cette maudite fée que j'impute
toutes les étourderies de M^me de Genlis; c'est donc
elle qui l'a conduite dans un palais où, pour son
bonheur, elle n'aurait jamais dû mettre le pied;
sa destinée eût été moins extraordinaire, mais
aussi moins orageuse.

Autre problème à résoudre. C'est avec vérité
que M^me de Genlis a dit : « J'ai naturellement
« beaucoup d'indulgence et de bienveillance dans

« le cœur et dans le caractère. » Expliquez donc
comment elle a pu avoir tant d'ennemis ! A peine
est-elle arrivée au Palais-Royal, « qu'elle y aperçoit
« des regards malveillans. » Bientôt elle y est en
butte aux traits empoisonnés de la calomnie.
Plusieurs de ses compagnes « l'excèdent de mé-
« chancetés et de noirceurs. » Elle qui est si
bonne personne ! elle qui a tant d'indulgence
pour les autres ! elle qui sait si bien aimer ! « dont
« l'amitié est du dévouement. » Il faut absolument que la fée *Guignon-Guignolant*, ou une
autre non moins malfaisante, soit pour quelque
chose dans cette affaire.

Quelles étaient ces méchantes compagnes dont
M^me de Genlis avait tant à se plaindre pendant
son séjour au Palais-Royal ? Je les ferai connaître
incessamment ; car elle les peint dans ses Mémoires, et quoiqu'elle soit bonne et qu'elle ait
*tout pardonné*, elle ne les flatte pas, surtout
M^me de Bar..re, dont le nez historique était
d'un *rouge* si *éclatant* qu'elle en est encore
scandalisée aujourd'hui, un demi-siècle après
l'avoir vu. Au reste, M^me de Genlis avait alors des
ennemis plus redoutables et plus dangereux que
ces dames. C'étaient les amans, dont, quoi qu'elle
fît, elle ne pouvait éviter les persécutions ; c'était
surtout le vicomte C...es, « Lovelace infiniment
« plus artificieux, dit-elle, et beaucoup plus scé-

« lérat que celui de Richardson »; mais qui, heureusement, trouva une Clarisse moins facile à tromper que celle du romancier anglais. J'en parlerai dans un troisième et dernier article.

Je compte bien encore ne pas oublier la partie peut-être la plus intéressante des *Mémoires de Mme de Genlis*, le tableau fidèle et piquant de la société du dix-huitième siècle, que les événemens de 1789 ont dispersée, et qui ressemblait si peu à celle d'aujourd'hui, si aujourd'hui il y en a une.

Je suis arrivé à la partie la plus délicate des *Mémoires de Mme de Genlis*. Feu M. Suard, qui n'était pas, comme le chevalier de Chastellux, « un de ses plus chers amis », a dit, je ne sais dans quel ouvrage, il en a tant fait! qu'elle n'avait qu'un *seul talent supérieur*, celui de la critique. « Du moins, observe-t-elle, dans une de « ses notes, puis-je me flatter de n'avoir jamais « abusé de cet *unique talent.* » Je le veux bien, pourvu que Mme de Genlis convienne qu'elle en use fort largement lorsqu'elle passe en revue ses chères compagnes du Palais-Royal. Il est vrai que, s'il faut l'en croire, elles lui ont fait bien du mal.....; elles s'en souviendront. Mme de Genlis est bonne, mais jusqu'à un certain point.

Il y avait au Palais-Royal, quand sa mauvaise étoile l'y conduisit, des dames de tout âge, celles de la duchesse de Chartres et celles qui avaient été attachées à la feue duchesse d'Orléans. Je ne sais par quelle fatalité elle eut le malheur de déplaire également aux unes et aux autres. Toutes, à peu d'exceptions près, se déclarèrent ses ennemies : vieilles et jeunes, filles, mères et grand'-mères, toutes les générations du Palais-Royal se liguèrent contre M^me de Genlis ; et, grâce à leurs *méchancetés*, à leurs *noirceurs*, aux vilains bruits qu'elles firent courir sur son compte, ce palais fut pour elle un véritable enfer, ce qu'elle prie le Seigneur de vouloir bien se rappeler en temps et lieu.

A la tête des conjurées, j'aperçois la dame d'honneur de la duchesse de Chartres, M^me de Bl..., dont, soit dit en passant, la mémoire est chère à tous ceux qui l'ont connue. M^me de Genlis, qui avait le plus grand intérêt à se concilier sa bienveillance, eut avec elle, le lendemain même de son arrivée, un démêlé très-sérieux. J.-J. Rousseau en fut l'occasion innocente. M^me de Bl..., qui, ce jour-là, était en verve, s'anima jusqu'à dire « qu'il n'existait pas une femme véritable-« ment sensible qui n'eût besoin d'une vertu su-« périeure pour ne pas consacrer sa vie entière à « Rousseau, si elle avait la certitude d'en être « aimée passionnément. » La thèse était bizarre, et, pour la soutenir devant plus de vingt personnes, il fallait que la dame d'honneur fût bien sensible.

Chacune en dit son avis; on demanda celui de M^me de Genlis, qui, seule, toujours timide, gardait le silence; elle avoua, en baissant les yeux que vous connaissez, qu'elle n'avait lu ni la *Nouvelle Héloïse*, ni l'*Emile*. « Voilà, dit M^me de Bl..., « que sa thèse sentimentale commençait à embar- « rasser un peu, et qui cherchait à faire diver- « sion, voilà une singulière prétention. » Aussitôt M^me de Genlis reprit fort aigrement : « Non, « Madame, je vois trop souvent des *prétentions* « ridicules pour en avoir moi-même. Je n'ai pas « lu ces ouvrages, parce que je sais qu'ils ne sont « pas faits pour mon âge; *quand j'aurai le vôtre,* « Madame, je les lirai. » On a beau nous dire que cette réponse fut faite avec beaucoup de calme, elle n'en était pas moins offensante. C'est sur un autre ton qu'une *dame du palais*, eût-elle les plus beaux yeux du monde, doit parler à la *dame d'honneur*. « Elle ne l'a point pardonné », dit M^me de Genlis. Vraiment, je le crois bien; l'injure était grave. *Quand j'aurai votre âge!* Trouvez une femme de trente-six à quarante ans, M^me de Bl... n'avait pas davantage, qui pardonne une pareille impertinence.

Quant à M^me de Genlis, on sait que, grâce à Dieu, elle a tout pardonné. Pourtant elle n'est pas fâchée de nous apprendre que M^me de Bl..., quand elle voulait briller, « tombait toujours dans

« une exagération ridicule et dans un galimatias
« insupportable. » Je n'ai encore rien à dire ; mais
on l'accuse d'avoir beaucoup aimé l'argent et un
peu le comte de Frize... Pour une dame d'honneur, cela ne serait pas beau.

Heureusement M^{me} de Genlis n'est pas ici une
autorité irrécusable. Elle parle de son ennemie.
D'ailleurs, je la croyais bien fine connaisseuse
en ces sortes d'affaires, et ses Mémoires m'ont
prouvé qu'elle n'y entendait rien. Combien de
fois n'a-t-elle pas été trompée par de fausses apparences ? Ne l'avons-nous pas vue à Chantilly,
grâce à une susceptibilité qui lui fait honneur,
prendre pour des avances très-positives les politesses d'un prince qui ne songeait pas à elle ?
Après une si grossière bévue, il est permis de
croire que tout les amans dont elle fait et fera
présent, dans ses Mémoires, aux dames d'honneur de son temps, ou n'ont existé que dans son
imagination, ou n'étaient, auprès de ces dames,
qu'*ad honores.*

Assez simple encore pour prendre au sérieux
un badinage innocent, ne s'avise-t-elle pas de
donner aussi un amant à la vieille marquise de
P....., que sa *véritable passion* empêchait si peu
de dormir qu'elle s'en moquait tous les jours
avec une originalité très-piquante ? M^{me} de Genlis
en convient elle-même. Alors , pourquoi nous

dire que « cette passion était bien ridicule à son « âge et avec sa figure »? Pourquoi surtout ajouter « que cette figure ressemblait parfaitement à celle « d'un singe »? Car voilà comment, sans jamais abuser du *talent supérieur* que feu M. Suard lui accordait, M^me de Genlis, en un seul coup de pinceau, peint, habille et drape ses *amies* du Palais-Royal. Je l'entends qui nous dit : « Vous ne les avez pas connues comme moi. Elles étaient bien méchantes »! Soit; mais vous, Madame, vous êtes si bonne. Puis, souvenez-vous donc que vous avez promis au Seigneur de tout oublier, de mettre toutes les injures que vous avez reçues aux pieds du crucifix, où je vous attends vendredi.

Après avoir, je ne sais pourquoi, signalé à la postérité « le nez d'un rouge éclatant, la tournure « commune, le maintien sec et affecté » d'une dame de cette cour qui vit encore, et dont peut-être elle envierait la considération si « elle ne « voyait pas tout de la hauteur d'une âme qui n'a « plus d'intérêt dans le présent », M^me de Genlis ajoute : « Elle se déclara mon ennemie dès notre « première entrevue; je ne dirai donc rien de son « caractère, je dois me récuser »; mais en ne disant rien, on dit souvent beaucoup, et j'avertis M^me de Genlis que le Seigneur ne sera pas dupe de ses figures de rhétorique.

Sa plus ardente ennemie fut M^me Dun..., qu'elle

nomme en toutes lettres comme les autres. Cette dame avait un joli visage, mais de *vilains pieds* et des *mains affreuses.* « J'ai vu d'elle, continue « M^me de Genlis, d'*étranges choses*.... Je ne par- « lerai pas de ses *terribles aventures.* La sincérité « de sa pénitence impose le devoir de ne pas les « retracer. » Cela suffit, les lecteurs sont sur la voie : ils demanderont quels sont ces *étranges choses* qu'elle a vues, ces *terribles aventures* qu'elle ne veut pas retracer, et quelque bonne âme ne manquera pas de satisfaire leur curiosité. C'est une obligation que M^me Dun.... aura à la charitable réticence de M^me de Genlis, qu'on doit craindre encore quand elle *ne parle pas.*

La révolution a emporté tant de souvenirs, que les médisances de cette dame ont aujour-d'hui tout le mérite et le piquant de la nouveauté. Ainsi, quoique j'aie pour ces choses-là une mé-moire très-heureuse, j'avais entièrement oublié *l'aventure d'éclat* de M^me de Vaub.... Je me sou-venais encore moins de ce qui s'était passé chez le ministre le jour où son mari, dont « la gravité « avait jusqu'alors conservé sa réputation », alla demander une lettre de cachet pour la faire en-fermer dans le couvent où elle s'est si long-temps ennuyée.

C'était un jour de grandes promotions; le salon était rempli de monde. M. d'Auteroche, qui ignorait ce que tout Paris savait, s'imaginant que M. de Vaub...., qui sortait du cabinet du ministre, venait d'obtenir un nouveau grade, courut à lui, l'embrassa et lui dit : « Mon ami, « je t'en fais mon compliment, c'est justice ; tu le « méritais bien ; cela ne pouvait manquer de « t'arriver. Je l'avais prédit. » Cette bévue amusa beaucoup la galerie, mais très-peu M. de Vaub..., qui trouvait que le nouveau grade qu'il venait de recevoir ne méritait pas tant de félicitations.

A propos, j'oubliais que M^me de Genlis avait juré de ne point « recueillir d'anecdotes scanda-« leuses. » Or en voilà une qui l'est passablement. Oui ; mais elle est gaie, ce qui la met dans un cas d'exception. Puis on ne dit pas que M^me de Vaub.... ait fait pénitence comme M^me Dun.... Enfin, que voulez-vous que je vous dise ? il faut bien, quelque charité qu'ils aient, que les auteurs de Mémoires songent un peu à l'amusement de ceux qui les liront. Si, comme le remarque M^me de Genlis, ils ne s'engagent pas à nous « conter toute « leur histoire », c'est bien le moins qu'ils nous dédommagent en nous contant celle des autres.

Mais puisque M^me de Genlis parle si volontiers des amans de ces dames, elle me permettra sans doute de parler un peu des siens ; elle aurait d'autant plus tort de s'en offenser qu'aucun n'a été payé de retour ; ses Mémoires le prouvent. Je vois que les mieux récompensés n'ont obtenu d'elle qu'un... *Dieu vous bénisse*, même le vicomte de Cas...., qui a fait, pour lui plaire, des folies vraiment inimaginables.

Il la suivait partout, tantôt sous un déguisement, tantôt sous un autre. Donnait-elle dans la rue deux sous à un pauvre, elle apprenait le soir que ce pauvre était le vicomte de Cas...., et ce qui l'étonnait bien davantage, elle voyait quelque temps après la pièce de deux sous attachée à un cordon de cheveux bruns. « De qui sont ces che- « veux? — Madame, ce sont les vôtres. — O ciel! « les miens! » Elle se serait plutôt fait tondre que d'en donner un seul. Mais le vicomte avait appris pendant six semaines à coiffer; et, habillé en femme, il s'était introduit chez M^me de Genlis. Vous devinez le reste. Le fait, dira-t-on, est incroyable, j'en conviens; mais l'amour a ses miracles, et M^me de Genlis était si jolie, qu'on faisait l'impossible pour avoir une mèche de ses cheveux.

Désespéré par ses rigueurs, cet amant singulier lui annonce un matin qu'il a pris la résolution de se donner la mort, si elle n'a pas enfin pitié de ses souffrances. La voyant fort peu touchée de son désespoir, il disparaît.... Quatre mois entiers on le crut mort; on fait dire des messes pour le repos de son âme. « Voilà, cruelle, où

« vous l'avez poussé!» Toutes les dames *senti-mentales*, et même la famille du vicomte, lui adressent ce reproche. Est-ce donc sa faute si ses amans sont fous et se tuent pour elle? Est-elle en conscience obligée de leur sauver la vie? Guérissez-les donc à ce prix-là! Mais M^{me} de Genlis n'avait pas un cœur de rocher; en apprenant l'épouvantable nouvelle: « Je fus, dit-elle, si sai- « sie et si affligée que, pendant une semaine en- « tière, je ne pus descendre au Palais-Royal; je « fis défendre ma porte. » Admirons ici sa sim- plicité. Elle est douée, à ce qu'elle prétend, « d'un « instinct qui lui a toujours fait sentir la fausseté», et la voilà encore une fois prise pour dupe : celui qu'elle croit mort se porte à merveille. Elle va apprendre à le connaître : c'est « le scélérat le plus « noir qui ait jamais existé.... Il ne l'aimait pas. »

Le vicomte n'avait fait tant de folies pour elle qu'afin de couvrir l'amour qu'il éprouvait pour une autre. On en fournit à M^{me} de Genlis des preuves si claires, si convaincantes, qu'il lui fut impossible d'en douter. Jugez de son dépit et de son indignation. Le perfide! «Que serais-je de- « venue, dit-elle, si je l'eusse aimé?» Pouvons- nous le savoir? Un séducteur si habile! un Lo- velace plus artificieux que celui de Richardson! M^{me} de Genlis a raison de croire qu'elle l'a cette fois échappé belle.

C'est à peu près à cette époque qu'elle eut une *vision* admirable. Ses enfans étaient malades; elle l'ignorait; son fils mourut à cinq heures du matin. « Le même jour, dit-elle, à la même heure, « levant les yeux vers le ciel de mon lit, je vis « distinctement mon fils sous la figure d'un ange; « il me tendait les bras ! » Cette vision dura douze heures, et M^{me} de Genlis attribue tous ses malheurs à la légèreté et à l'ingratitude qui l'ont empêchée de reconnaître, comme elle l'aurait dû, une faveur si miraculeuse. « Il ne suffisait pas, « ajoute-t-elle, de croire et d'être touchée, il fal- « lait consacrer à Dieu toute son imagination, « toute sa sensibilité. Après une telle grâce, j'au- « rais dû devenir une sainte. » Oui, sans doute; mais il n'y a pas trop de temps perdu, puisque, si elle n'est pas devenue une *sainte*, elle est au moins très-contrite et très-repentante, et Dieu n'en demande pas davantage. Qu'elle ait donc toute confiance en celui dont la miséricorde est aussi grande que notre mystère. *Magna miseria, magna misericordia.* C'est saint Augustin qui l'a dit: M^{me} de Genlis trouvera peut-être que je m'en souviens fort à propos.

En lisant les deux premiers volumes de ses Mémoires, qui la conduisent sans malencontre jusqu'à vingt-cinq ans, il est facile de se convaincre que sa vision n'est pas la seule grâce qu'elle ait reçue d'en-haut. Elle a sans doute, dans sa jeunesse, comme elle s'en accuse elle-même avec une sincérité qui désarme la critique, elle a fait bien des *étourderies*, beaucoup de *fausses démarches*; mais, exposée à des séductions de tout genre, réunissant tous les moyens de plaire, elle a eu le bonheur d'échapper au plus grand des dangers dont elle était menacée; vous ne trouvez pas encore, dans ses Mémoires, un seul amant qu'elle ait favorablement écouté. Cette faveur du ciel n'est guère moins miraculeuse que la vision de douze heures.

Veillez toujours sur elle, ô mon Dieu! Vous voyez qu'elle est encore bien jolie; ses beaux yeux noirs n'ont rien perdu de leur éclat. A coup sûr de nouveaux séducteurs vont se présenter; Seigneur, préservez-la de leurs embûches! faites-lui la grâce d'éviter tous les piéges qu'ils ne manqueront pas de lui tendre. Il vous suffit de le vouloir, et je la retrouverai, à la fin de la seconde édition de ses Mémoires, telle que je la laisse en terminant cet examen de la première.

Des 14, 21 et 28 mars 1825.